*Deseo*

D0406365

# TRES AÑOS DESPUÉS

## ANDREA LAURENCE

H HARLEQUIN™

Editado por HARLEQUIN IBÉRICA, S.A.
Núñez de Balboa, 56
28001 Madrid

© 2014 Andrea Laurence
© 2015 Harlequin Ibérica, S.A.
Tres años después, n.º 2019 - 7.1.15
Título original: His Lover's Little Secret
Publicada originalmente por Harlequin Enterprises, Ltd.

I.S.B.N.: 978-84-687-5648-6
Depósito legal: M-28244-2014
Editor responsable: Luis Pugni
Impresión en CPI (Barcelona)
Fecha impresion para Argentina: 6.7.15
Distribuidor exclusivo para España: LOGISTA
Distribuidor para México: CODIPLYRSA
Distribuidores para Argentina: Interior, DGP, S.A. Alvarado 2118.
Cap. Fed./Buenos Aires y Gran Buenos Aires, VACCARO HNOS.

# *Capítulo Uno*

–Es mejor que te vayas ya o llegarás tarde.

Sabine Hayes levantó la vista de la caja registradora y miró a su jefa, la diseñadora de moda Adrienne Lockhart Taylor. Llevaba trece meses trabajando para ella como encargada de su boutique.

–Casi he terminado.

–Dame la caja que hemos hecho y vete. Yo me quedaré hasta que llegue Jill para hacer su turno y me pasaré por el banco de camino a casa. Tienes que recoger a Jared a las seis, ¿no?

–Sí –contestó Sabine. La guardería le cobraría a precio de oro cada minuto que llegara tarde. Luego tenía que llevar a Jared a casa y darle de comer antes de que llegara la canguro para que ella pudiera irse a impartir sus clases de yoga. Ser madre soltera era bastante estresante, aunque no servía de nada quejarse–. ¿No te importa hacer tú el depósito en el banco?

Adrienne se acercó a ella en el mostrador.

–Vete.

–De acuerdo –repuso Sabine, mirándose la hora en el reloj. Guardó el dinero y se lo entregó. Era una suerte que Adrienne se hubiera pasado por allí para desplegar un nuevo escaparate. Su boutique era famosa por los maniquíes, siempre a la última moda.

No podía haber encontrado un sitio mejor donde trabajar, pensó Sabine.

En la mayoría de los sitios no se habían parado siquiera a considerar contratar a una joven con un mechón azul en el pelo y un *piercing* en la nariz. Ni siquiera cuando se había quitado el pequeño pendiente y se había teñido el pelo del mismo color había conseguido trabajo en ninguna tienda de la Quinta Avenida. Las empresas que podían pagarle un sueldo suficiente como para mantener a su hijo estaban saturadas de aspirantes con más experiencia que ella.

La suerte la había acompañado el día en que se había cruzado con Adrienne por la calle y Sabine le había hecho un cumplido acerca de su vestido. No se había esperado que la otra mujer le contestara que lo había diseñado ella misma. Luego, la había invitado a acompañarla a su nueva boutique y Sabine se había enamorado de aquella tienda.

La decoración era divertida, moderna y estilosa. Vendía ropa de diseño con un toque desenfadado. Cuando Adrienne mencionó que estaba buscando a alguien que llevara la tienda mientras ella se concentraba en sus diseños, Sabine presentó su solicitud rauda y veloz.

No solo ofrecía un salario alto y con buenas condiciones, sino que Adrienne era una jefa excelente. No le importaba el color de pelo de Sabine, ni que llevara mechas moradas, y era comprensiva cuando su hijo se ponía enfermo y ella no podía presentarse a trabajar.

Tras agarrar el bolso, Sabine se despidió de su jefa con la mano y salió por la puerta trasera. La guardería estaba solo a unas manzanas de allí, pero para no llegar tarde, tuvo que acelerar el paso.

Cuando, al fin, llegó, abrió la cancela que daba al pequeño patio de entrada y llamó a la puerta, eran exactamente las seis menos tres minutos. Poco después, con su niño en brazos, se dirigía hacia el metro.

—¿Qué tal, tesoro? ¿Lo has pasado bien?

Jared sonrió y asintió con entusiasmo. Su carita estaba empezando a ser más de niño y menos de bebé. Ya no tenía los mofletes tan regordetes y, cada día, se parecía más a su padre. La primera vez que lo había sostenido en brazos, Sabine lo había mirado a los ojos y le había parecido estar mirando a Gavin. Cuando fuera mayor, sería tan imponente como su padre, pero con suerte tendría el corazón de su madre.

—¿Qué quieres cenar esta noche?

—*Macaones*.

—¿Macarrones otra vez? Los comiste anoche. Se te va a poner cara de macarrón.

Jared rio y abrazó a su madre. Inspirando su olor, Sabine lo besó en la frente. El pequeño había transformado su vida y no lo cambiaría por nada.

—¿Sabine?

Justo iba a entrar en el metro cuando alguien la llamó desde el restaurante delante del cual acababa de pasar. Al girarse, vio a un hombre con traje de chaqueta color azul tomándose una copa de vino en una de las mesas que había en la calle. Le resultó familiar, pero no recordaba de qué lo conocía.

—Eres tú —dijo el hombre, acercándose. Sonrió al ver qué ella lo observaba confundida—. ¿No te acuerdas de mí? Soy Clay Olivier, amigo de Gavin. Nos conocimos en la inauguración de una galería de arte hace un par de años.

A Sabine se le heló la sangre. Sonrió y asintió, tratando de ocultar su agobio.

—Ah, sí —repuso ella, y cambió a Jared de posición en sus brazos, para colocarlo de espaldas al mejor amigo de su padre—. Creo que te tiré una copa de champán encima, ¿no?

—Sí —afirmó él, complacido porque se acordara—. ¿Cómo estás? —preguntó y, mirando al niño, añadió—. Veo que muy ocupada.

—Sí, así es —contestó ella con el corazón acelerado. Necesitaba escapar—. Escucha, lo siento pero no puedo quedarme a charlar. He quedado con la canguro. Me alegro de verte. Cuídate, Clay.

Sabine se dio media vuelta y corrió hacia el metro, como un criminal huyendo de la escena del crimen. No creía que aquel hombre fuera a seguirla, pero no se sentiría a salvo hasta que se hubiera alejado de allí.

¿Se habría fijado Clay en el rostro de Jared? ¿Habría notado su parecido? El niño llevaba una chaqueta con capucha puesta, así que, tal vez, no había podido reparar en sus rasgos.

En cuanto llegó el tren, se subió y buscó asiento. Con Jared sobre el regazo, respiró hondo, tratando de calmarse.

Habían pasado casi tres años. Durante todo ese tiempo, Sabine había logrado ocultarle el niño a su padre. Nunca se había encontrado con Gavin ni con ninguno de sus amigos. No se movía en los mismos círculos que ellos. En parte, por eso había roto con él, porque no tenían nada en común. Después de romper, Gavin nunca la había vuelto a llamar. Era obvio que no la había echado de menos en absoluto.

Sin embargo, Sabine nunca había bajado la guardia. Había sabido que, antes o después, Gavin descubriría que tenía un hijo. Si Clay no se lo decía esa misma noche, sería la próxima persona conocida con quien se encontrara. Alguien acabaría viendo a Jared y adivinaría, al instante, que era hijo de Gavin. Cuanto más crecía el pequeño, más idéntico era a su padre.

Luego, sería solo cuestión de tiempo que Gavin fuera a buscarla, furioso y exigente. Así era como él funcionaba. Siempre conseguía lo que quería. Al menos, hasta entonces. Lo único que Sabine tenía claro era que, en esa ocasión, no le dejaría ganar. Jared era de ella. Gavin era un adicto al trabajo y no sabría qué hacer con un niño. Y ella no pensaba dejar a su pequeño en manos de una lista interminable de niñeras e internados, igual que los padres de Gavin habían hecho con él.

Cuando el tren llegó a su parada, Sabine se bajó y corrió a tomar al autobús que los dejaría en su apartamento, cerca de Marine Park, en Brooklyn. Allí había vivido los últimos cuatro años. No era el sitio más elegante del mundo, pero era seguro, limpio y tenía cerca un supermercado y un parque. La casa, de un dormitorio, comenzaba a quedárseles pequeña, pero no vivían mal allí.

Antes de tener a su bebé, había usado una parte del dormitorio como estudio. Después, había guardado sus lienzos y su caballete para hacer sitio a la cuna. Jared tenía mucho espacio para jugar y había un parque justo enfrente, donde podía disfrutar con la arena. Su vecina de al lado, Tina, era quien cuidaba al niño cuando ella iba a dar clases de yoga.

Sabine estaba contenta con la vida que había construido para su hijo y para ella. Teniendo en cuenta que, cuando se había mudado a Nueva York, no tenía un céntimo, había progresado mucho. En el pasado, había sobrevivido trabajando como camarera y, cuando había tenido un poco de dinero extra, lo había dedicado a comprarse material de pintura. En el presente, sin embargo, tenía que aprovechar cada céntimo, pero no les faltaba lo más imprescindible.

–¡*Macaones*! –exclamó Jared feliz cuando entraron en casa.

–De acuerdo, haré macarrones –aceptó ella, y lo sentó delante de su programa infantil favorito antes de ponerse a cocinar.

Cuando Jared terminó, Sabine se había cambiado de ropa, lista para sus clases. Tina estaba a punto de llegar y, con suerte, se ocuparía de lim-

8

piarle a su hijo el tomate de la cara cuando le diera un baño. Por lo general, la canguro solía tenerlo acostado cuando ella volvía a casa.

Una llamada a la puerta la sobresaltó. Tina llegaba pronto, pensó.

–Hola, Tina… –saludo ella cuando abrió. De pronto, se quedó petrificada al ver que no era su vecina quien estaba parada en la entrada.

No. No. No. No estaba preparada para enfrentarse a aquello. Todavía, no. Esa noche, no.

Era Gavin.

Sabine se aferró a la puerta como si le fuera la vida en ello. Tenía el corazón en un puño y el estómago encogido. Al mismo tiempo, partes casi olvidadas de su cuerpo volvían a la vida. Gavin siempre había sabido cómo excitarla y, a pesar de los años, ella no había logrado borrar el recuerdo de sus caricias.

Una mezcla de miedo y deseo se apoderó de ella como un terremoto. Respiró hondo para calmarse. No podía dejar que él adivinara su pánico. Ni mucho menos quería que se diera cuenta de que todavía lo deseaba. Eso le daría ventaja. Tragándose sus emociones, se forzó a sonreír.

–Hola, Sabine –saludó él con tono profundo y sensual.

Era difícil creer que aquel apuesto hombre de su pasado estuviera de pie ante su puerta. Llevaba un traje impecable color gris con corbata azul, que resaltaban su aura de poder. Tenía la mirada oscura fija en ella, con el ceño fruncido.

–¡Gavin! –exclamó ella, fingiendo sorpresa–.

No esperaba verte aquí. Pensé que eras mi vecina Tina. ¿Cómo has…?

–¿Dónde está mi hijo? –preguntó él con tono exigente, interrumpiéndola. Tenía la mandíbula tensa y una dura mirada de desaprobación. Era la misma expresión que había mostrado cuando ella lo había dejado hacía años.

Al parecer, las noticias volaban. Habían pasado menos de dos horas desde que Sabine se había encontrado con Clay.

–¿Tu hijo? –repitió ella, intentando ganar tiempo para pensar en algo. Deprisa, salió al pasillo del edificio y entrecerró la puerta de su apartamento, lo justo para poder mirar por una rendija y comprobar que Jared estaba bien.

–Sí, Sabine –afirmó él, mientras daba un paso hacia ella–. ¿Dónde está el niño que me has ocultado durante tres años?

Maldición, estaba tan guapa como él recordaba. Un poco mayor, con más curvas, pero seguía siendo la atractiva artista que lo había vuelto loco en aquella galería de arte. Esa noche, llevaba unas mallas para hacer ejercicio que se le ajustaban al cuerpo y le recordaban todo lo que se había estado perdiendo en los últimos años.

La gente no solía quedarse mucho tiempo en su vida, pensó Gavin. Su infancia y juventud habían sido un desfile de niñeras, tutores, amigos y novias, mientras sus padres lo habían cambiado de un internado a otro. Aquella belleza morena con un *piercing* en la nariz no había sido una excepción. Se había marchado de su vida sin pestañear.

Sabine le había dicho que no eran compatibles porque sus vidas y sus prioridades eran diferentes. Era cierto que eran polos opuestos, pero eso era una de las cosas que más habían atraído a Gavin. Ella no era otra joven rica y mimada con el objetivo de casarse con un buen partido e ir de compras. Lo que habían compartido le había parecido distinto.

Pero Gavin se había equivocado.

La había dejado marchar, pues sabía que no tenía sentido intentar perseguir a alguien que no quería estar con él... pero no la había olvidado. No había dejado de soñar con ella. En más de una ocasión, se había preguntado qué habría estado haciendo.

Pero jamás, ni en sus más extraños sueños, se había podido imaginar que ella había estado criando a un hijo suyo.

Sabine se enderezó y levantó la barbilla con gesto desafiante.

—Está dentro —señaló ella, mirándolo a los ojos—. Y ahí es donde se va a quedar.

Sus palabras le sentaron a Gavin como un puñetazo. Así que era cierto. ¡Tenía un hijo! No se había creído del todo la historia que Clay le había contado hasta ese momento. Conocía a su mejor amigo desde la universidad, pero no siempre podía confiar en su versión de la realidad. Esa noche, Clay le había insistido en que buscara a Sabine cuanto antes para conocer a su hijo.

11

Y, por una vez, Clay había tenido razón.

Sabine no lo negaba. Gavin había esperado que ella le dijera que no era hijo suyo o que estaba cuidando al hijo de una amiga. Sin embargo, siempre había sido una mujer sincera. Sin dudarlo, acababa de admitir que se lo había ocultado. No solo no se había disculpado por ello, sino que tenía la osadía de dictar las normas.

Ella llevaba demasiado tiempo dirigiendo la situación. Y Gavin estaba decidido a que lo incluyera, de una forma u otra.

–¿Es hijo mío de verdad? –preguntó él. Necesitaba escucharle decir las palabras. De todas maneras, al margen de lo que Sabine dijera, le haría una prueba de ADN para confirmarlo.

Ella tragó saliva y asintió.

–Parece una réplica tuya.

Gavin se sintió cada vez más furioso. Habría podido entender que ella se lo hubiera ocultado en caso de haber dudado de si era el padre. Pero no había sido así. Sabine había querido tener que compartir a su hijo con él. Si no hubiera sido por su encuentro fortuito con Clay, seguiría ignorando que era padre.

–¿Pensabas contármelo algún día, Sabine?

–No –reconoció ella, sin dejar de mirarlo a los ojos.

Ni siquiera iba a molestarse en mentir o fingir que no era una egoísta. Se quedó allí parada, desafiante.

Sin poder evitar fijarse en sus curvas, Gavin intentó procesar la respuesta que le había dado, preso de un fiero deseo y de la más profunda indignación.

—¿Qué quieres decir? —rugió él.

—¡Habla bajo! —ordenó ella entre dientes, mirando nerviosa hacia su casa—. No quiero que nos oiga. Y tampoco quiero que los vecinos se enteren de todo.

—Bueno, siento avergonzarte delante de tus vecinos. Resulta que acabo de descubrir que tengo un hijo de dos años. Creo que eso me da derecho a estar furioso.

Sabine respiró hondo, aparentando una sorprendente calma.

—Tienes todo el derecho a estar enfadado. Pero gritar no cambiará nada. Y no consiento que levantes la voz delante de mi hijo.

—Nuestro hijo.

—No —negó ella, levantando el dedo en señal de advertencia—. Es mi hijo. De acuerdo con su certificado de nacimiento, es hijo de madre soltera. Ahora mismo, no puedes reclamarlo legalmente. ¿Lo entiendes?

Esa situación iba a ser remediada, y pronto.

—Por ahora. Pero no creas que tu egoísta monopolio de nuestro hijo va a durar mucho.

Sabine se sonrojó. Era obvio que no le gustaba su amenaza. Peor para ella, pensó Gavin.

Ella tragó saliva, pero no retrocedió.

—Son más de las siete y media de un miércoles, así que te aseguro que así es como van a quedar las cosas en el futuro inmediato.

Gavin rio ante su ingenuidad.

–¿Acaso crees que mis abogados no responden mis llamadas a las dos de la madrugada? Por lo que les pago, hacen lo que yo quiera y cuando yo quiera –señaló él, al mismo tiempo que se sacaba el móvil del bolsillo–. ¿Llamamos a Edmund para ver si está disponible?

–Adelante, Gavin –le retó ella, aunque sus ojos delataban un poco de miedo–. Lo primero que harán tus abogados es solicitar una prueba de ADN. Y los resultados de una prueba de paternidad tardan, al menos, tres días. Si me presionas, te aseguro que no verás al niño hasta ese momento. Si hacemos la prueba mañana por la mañana, calculo que eso no será hasta el lunes.

Gavin apretó los puños. Sabía que ella tenía razón. Lo más probable era que los laboratorios no trabajaran durante el fin de semana, así que el lunes sería lo más pronto que podría comenzar a interponer una demanda para exigir sus derechos como padre. Sin embargo, una vez que lo hiciera, era mejor que Sabine se anduviera con mucho cuidado.

–Quiero ver a mi hijo –dijo él. En esa ocasión, su tono de voz fue menos exigente y acalorado.

–Entonces, cálmate y suelta el móvil.

Gavin se guardó el teléfono en el bolsillo de nuevo.

–¿Contenta?

Aunque Sabine no parecía contenta, asintió.

–Ahora, antes de que entres, tenemos que aclarar algunas reglas básicas.

Él tuvo que hacer un esfuerzo para no responder una grosería. Pocas personas se atrevían a imponerle normas. Pero Sabine era distinta. Por el momento, acataría sus reglas. Aunque no por mucho tiempo.

–Tú dirás.

–Primero, no puedes gritar cuando estás en mi casa o cerca de Jared. No quiero que lo disgustes.

Jared. Su hijo se llamaba Jared.

–¿Cuál es su nombre completo? –preguntó él, sin poder contener la curiosidad. De pronto, ansiaba saberlo todo sobre su hijo.

–Jared Thomas Hayes.

–¿Por qué Thomas? –quiso saber él, preguntándose si sería una coincidencia.

–Por mi profesor de arte del instituto, el señor Thomas. Ha sido la única persona que me ha animado a pintar. También tú te llamas así, Gavin Thomas, así que me pareció adecuado –contestó ella, antes de proseguir con sus normas–. En segundo lugar, no le digas que eres su padre. Hasta que no esté legalmente confirmado y los dos estemos preparados. No quiero que se preocupe ni se sienta confundido.

–¿Quién cree que es su padre?

–Todavía no ha cumplido dos años. No ha empezado a hacerme preguntas sobre eso.

–Bien –repuso él, aliviado porque su hijo no hubiera notado su ausencia–. Ya está bien de reglas. Quiero ver a Jared.

–De acuerdo –aceptó ella, y abrió la puerta despacio.

Gavin la siguió dentro. Había estado en su apartamento en otras ocasiones, hacía mucho tiempo. Pero, en vez de toparse con una bolsa de pinturas como en otros tiempos, estuvo a punto de pisar una cera azul. Un rápido vistazo le bastó para confirmar que las cosas habían cambiado. En una esquina, había un triciclo con dibujos de superhéroes y, a un lado, una pelota de colores. La televisión estaba encendida, con una serie infantil a todo volumen.

Cuando Sabine se hizo a un lado, Gavin pudo ver al pequeño que había sentado delante del aparato. Ajeno a su presencia, el niño movía la cabeza y canturreaba siguiendo una canción que sonaba en la televisión.

Gavin tragó saliva, clavado al sitio.

Sabine se acercó a su hijo y se acuclilló a su lado.

—Jared, tenemos visita. Ven a saludar.

El niño se puso de pie y, cuando se volvió, Gavin se quedó sin respiración. Jared era exactamente igual que él de niño. Era como una fotografía suya. Tenía las mejillas sonrosadas manchadas de tomate y unos ojos enormes que lo observaban con curiosidad.

—Hola —saludó Jared con una sonrisa.

Tenso de tanta emoción, Gavin tardó más de lo que hubiera deseado en responder. Estaba delante de su hijo por primera ver.

—Hola, Jared —saludo él y, sin mucha convicción, dio un paso hacia el pequeño y se agachó para ponerse a su altura—. ¿Cómo estás, campeón?

Jared respondió en su idioma, que Gavin no

supo descifrar. Solo pudo entender algunas palabras sueltas, como «macarrones», «cole» y «tren». Sin esperar respuesta, el niño tomó su camión favorito del suelo y se lo tendió.

–¡Mi camión!

–Es muy bonito. Gracias –repuso su padre, tomándolo en la mano.

Entonces, alguien llamó a la puerta. Sabine se incorporó.

–Es la niñera. Tengo que irme.

Gavin tragó saliva, irritado. Solo había pasado dos minutos con su hijo y Sabine ya quería echarlo. Ni siquiera habían hablado sobre cómo iban a manejar la situación.

–Hola, Tina, entra. Ya ha cenado y está viendo la tele –saludó Sabine a la mujer de edad mediana que acababa de entrar.

–Lo bañaré y lo meteré en la cama a las ocho y media.

–Gracias, Tina. Volveré a la hora de siempre.

Con reticencia, Gavin le devolvió el camión a Jared y se levantó. Cuando se giró, vio a Sabine poniéndose una sudadera con capucha y echándose al hombro una manta enrollada para hacer ejercicio.

–Gavin, tengo que irme. Esta noche doy clase.

Él asintió y volvió a mirar a su hijo. El pequeño se había vuelto a sumergir en su programa favorito. Tuvo deseos de abrazarlo y despedirse, pero se contuvo. Habría tiempo para eso en otra ocasión.

Por primera vez en su vida, había alguien que

iba a estar vinculado a él durante, al menos, los si-
guientes dieciséis años. Y no lo dejaría marchar
con tanta facilidad. Habría muchas más oportuni-
dades de estar juntos.

En ese momento, sin embargo, la prioridad era
hablar con la madre de su hijo.

# *Capítulo Dos*

–No necesito que me lleves.

Gavin sujetó la puerta abierta de su Aston Martin con el ceño fruncido. Sabine no quería sentarse con él. Ella sabía que eso implicaría hablar de algo para lo que no estaba preparada. Prefería mil veces tomar el autobús, con tal de evitarlo.

–Sube al coche, Sabine. Cuanto más tiempo discutamos, más tarde llegarás.

Ella maldijo al ver cómo se le escapaba el autobús. No iba a llegar a tiempo a su clase, a menos que Gavin la llevara. Suspirando con frustración, se subió al coche. Él cerró la puerta del copiloto y se sentó a su lado.

–Gira a la derecha en el semáforo –le indicó ella. Si se concentraba en darle instrucciones para llegar, igual tendrían menos posibilidades de hablar.

Sabine no podía evitar sentirse culpable. Nunca había pretendido engañar a Gavin. Sin embargo, cuando se había quedado embarazada, le había asaltado un fiero instinto protector. Gavin y ella eran de dos planetas diferentes. Él nunca había correspondido a su amor. Lo mismo sucedería con su hijo. Había temido que Jared fuera para su padre una adquisición más del Imperio Brooks. Y Jared se merecía algo mejor.

Por eso, había hecho lo que había creído necesario para proteger a su hijo y no pensaba disculparse por ello.

–La segunda a la derecha.

Mientras Gavin permanecía en silencio, Sabine se estaba poniendo cada vez más nerviosa. Era evidente que estaba muy tenso, cada músculo de su cuerpo parecía contraído. Tenía la mandíbula apretada, y no apartaba los ojos de la carretera.

Lo cierto era que Gavin tenía mucha habilidad para ocultar sus sentimientos. Siempre lo había hecho cuando salían juntos. La noche que ella le había dicho que lo suyo había terminado, él no había demostrado ninguna reacción. Ni rabia, ni tristeza. Solo había aceptado su adiós con resignación y se había olvidado de todo. Era obvio que ella nunca le había importado.

Cuando llegaron al centro donde Sabine impartía los talleres de yoga, él aparcó y detuvo el motor. Se miró el Rolex.

–Llegas pronto.

Era verdad. Todavía le quedaban quince minutos antes de poder entrar. Sería absurdo salir del coche y quedarse de pie delante de la puerta, esperando que el local se quedara libre para la siguiente clase. Así que lo único que podía hacer era quedarse allí sentada, con Gavin. Perfecto.

–Dime, ¿tan malo he sido contigo? –preguntó él al fin, tras un largo silencio–. ¿Tan mal te he tratado? –añadió en voz baja, sin mirarla.

–Claro que no.

Gavin volvió la mirada hacia ella.

–¿Te dije o hice algo mientras estuvimos juntos para que pensaras que iba a ser un mal padre?

¿Mal padre? No, pensó Sabine. Quizá, un padre distante, sí.

–No, Gavin…

–Entonces, ¿por qué? ¿Por qué me has ocultado algo tan importante? ¿Por qué me has impedido compartir la crianza de Jared? Ahora es pequeño pero, antes o después, se daría cuenta de que no tiene un padre como los demás niños. ¿Y si él pensara que yo no lo quiero? Cielos, Sabine. Aunque no lo hubiéramos planeado, sigue siendo mi hijo.

Al escucharlo hablar así, todas las excusas que ella había preparado le resultaron ridículas. ¿Cómo iba a explicarle que no había querido que Jared creciera siendo un malcriado, rico, pero sin amor? ¿Cómo podía decirle que había querido tenerlo en casa con ella y no en un internado? ¿Cómo reconocer que no había querido que su hijo se convirtiera en un hombre egoísta y sin sentimientos como su padre? Eran solo excusas, admitió para sus adentros, fruto de un miedo irracional.

–Temía que, si te lo decía, lo perdería.

–¿Creíste que iba a quitártelo? –preguntó él con la mandíbula tensa.

–¿Acaso no lo harías? –replicó ella con tono desafiante–. ¿No habrías llegado a reclamarlo en la sala de partos? ¿No crees que tu elegante familia y tus poderosos amigos se habrían horrorizado de saber qué clase de persona iba a criar al heredero del Imperio Brooks? Enseguida, me habrían catalogado como inadecuada y habrías conseguido que algún juez te diera la custodia.

–Yo nunca habría hecho eso.

–Estoy segura de que solo habrías hecho lo que hubieras pensado mejor para tu hijo. ¿Pero cómo iba a saber yo lo que eso habría implicado? ¿Y si hubieras decidido que Jared estaba mejor contigo y que yo era una complicación? No tengo tanto dinero ni tantos contactos como tú para combatir en los tribunales. No podía correr ese riesgo –admitió ella con lágrimas en los ojos–. Temía que entregaras a mi hijo a rancias niñeras, que compraras su cariño con lujosos regalos, porque tú no tienes tiempo para dedicarle. Temía que lo enviaras a algún excelente internado en el extranjero, con la excusa de que era lo mejor para él, solo para que no te molestara. El embarazo de Jared no fue planeado. No es el fruto de un matrimonio dorado y ratificado por tu gente. No estaba segura de que pudieras amarlo de verdad.

Gavin se quedó callado un momento. No parecía enfadado, solo agotado, emocionalmente derrotado. Tenía el mismo aspecto que Jared cuando se pasaba todo un día sin dormir la siesta.

Sabine tuvo ganas de acariciarle la frente para borrar esa expresión de cansancio. Recordaba a la perfección el olor de su piel… a una embriagadora mezcla de jabón, cuero y hombre. Pero no podía hacer eso. La atracción que sentía por Gavin no había sido más que un inconveniente desde el principio. Y, por desgracia, los años no habían mermado su deseo en absoluto.

–No entiendo por qué piensas eso –dijo él tras un largo silencio.

–Porque es lo que te pasó a ti, Gavin –contestó ella con voz suave–. Y es la única manera que conoces de criar a un niño. Las niñeras y los internados son lo normal para ti. Tú mismo me contaste que tus padres nunca tenían tiempo para ti ni para tus hermanos. ¿Recuerdas cuando me contaste lo triste y solo que te sentiste cuando te mandaron al internado? ¿Quieres eso mismo para tu hijo? Yo no estaba dispuesta a entregártelo para que le dieras la misma infancia vacía que tú has tenido. No quería que lo criaran solo para ser el próximo dueño de Envíos Brooks Express.

–¿Y qué tiene eso de malo? –preguntó Gavin, furioso–. Hay cosas peores que crecer rodeado de dinero y convertirte en cabeza de una de las compañías más grandes del mundo, fundada por tu abuelo. A mí me parece peor crecer en la pobreza, en un pequeño apartamento, con ropas de segunda mano.

–¡Sus ropas no son de segunda mano! –se defendió ella, indignada–. No son de firma, pero tampoco son harapos. Sé lo que pensáis de nosotros, vosotros los poderosos. Pero aquí estamos bien. Es un vecindario tranquilo y hay un parque donde Jared puede jugar. Tiene comida y juguetes y, lo que es más importante, tiene todo el amor, la estabilidad y la atención que yo puedo darle.

Sabine no pudo evitar ponerse a la defensiva.

No pensaba dejar que nadie le dijera que no estaba criando bien a su hijo.

–No tengo dudas de que estás haciendo un gran trabajo con Jared. ¿Pero por qué hacerlo tan difícil? Podrías tener una casa bonita en Manhattan. Podrías enviarlo a una de las mejores escuelas privadas de la ciudad. Podrías tener un buen coche y alguien que te ayudara a limpiar y cocinar. Yo me habría asegurado de que los dos tuvierais todo lo necesario… sin quitarte a Jared. No había razón para renunciar a una vida más cómoda.

–No he renunciado a nada –insistió ella. Sabía que todas aquellas comodidades de las que Gavin hablaba tenían un precio–. Nunca he tenido esas cosas, para empezar.

–¿Seguro que no has renunciado a nada? –replicó él, y la miró a los ojos–. ¿Qué me dices de la pintura? Durante estos años, no he visto ninguna exposición tuya. Tampoco he visto lienzos ni tu maletín de pinturas en el apartamento. Supongo que tu estudio ahora está ocupado por las cosas de Jared. ¿Dónde está todo tu material de pintura?

Sabine tragó saliva. En eso, Gavin tenía razón. Ella se había mudado a Nueva York para convertirse en pintora. Le apasionaba su trabajo y había empezado a tener éxito. Una galería hizo una exposición de sus cuadros y vendió algunos de ellos. Sin embargo, lo que podía sacar con eso no era suficiente para criar a un hijo. Por eso, sus prioridades habían cambiado. Los niños requerían tiempo, energía y dinero. Echaba de menos la creatividad en su vida, pero no lo lamentaba.

–Están en el armario –admitió ella con el ceño fruncido.

–¿Y cuándo fue la última vez que pintaste?

–El sábado –se apresuró a responder.

Gavin afiló la mirada con desconfianza.

–De acuerdo, estuve pintando con las manos con Jared –confesó ella, y bajó la vista–. Pero nos lo pasamos genial haciéndolo. Jared es lo más importante en el mundo para mí. Más importante que pintar.

–No deberías renunciar a una cosa que amas por otra.

–La vida es una cuestión de compromisos, Gavin. Tú también sabes lo que significa dejar de lado lo que amas para dar prioridad a tus obligaciones.

Él se puso rígido. Al parecer, los dos eran culpables de renunciar a sus sueños, aunque por diferentes razones. Sabine tenía un hijo al que criar. Gavin sobrellevaba el peso de las expectativas de su familia y tenía un imperio que dirigir. La presión de sus obligaciones se había interpuesto entre ellos cuando salían juntos.

Al ver que Gavin no decía nada, Sabine lo miró. Él tenía la vista puesta en la ventana, sus pensamientos estaban muy lejos de allí.

No tenía sentido estar en el mismo coche que él después de tanto tiempo, se dijo ella. Podía sentir la atracción que seguía latiendo entre ambos. Cuando había decidido dejarlo hacía años, le había resultado muy difícil. Solo habían salido juntos un mes y medio, pero cada minuto había sido especial y apasionado. Habían disfrutado juntos del sexo, sí, y habían hecho el amor bajo las estrellas, pero no había sido solo eso. Habían compartido comidas exóticas, debates políticos, visitas a museos, y habían hablado durante horas.

La chispa que había habido entre ellos casi había sido suficiente para hacerle olvidar a Sabine que ambos habían querido cosas diferentes de la vida. Y, aunque él se había mostrado encandilado por esas diferencias, ella había sabido que no duraría mucho. Había sido solo cuestión de tiempo que Gavin le hubiera pedido que cambiara. Y eso era algo que ella no estaba dispuesta a hacer. No se amoldaría para darle gusto a nadie. Había dejado su pequeño pueblo en Nebraska para irse a Nueva York y ser ella misma. No estaba dispuesta a ser una más de las mujeres de los Brooks.

Cuando Sabine había conocido a su familia, se había asustado hasta el tuétano. Se habían encontrado con los padres de él en un restaurante, pocos días después de que hubieran empezado a salir juntos. Su madre era poco más que un lujoso accesorio del brazo de su padre.

Por mucho que amara a Gavin, no quería terminar como ella. Y lo había amado. Pero se amaba más a sí misma. Y amaba más a Jared.

Sin embargo, estar a tan corta distancia de él le hizo sentir vulnerable. Llevaba demasiado tiempo desatendiendo sus necesidades sexuales.

−¿Qué hacemos ahora? −preguntó ella.

Como si le hubiera leído el pensamiento, Gavin le tomó la mano. Su calidez la envolvió, haciendo que un delicioso escalofrío la recorriera. Solo con ese pequeño contacto, era capaz de derretirla... ¿Qué podría hacer con ella si se atreviera a besarla?

Al instante, Sabine se reprendió a sí misma por siquiera imaginar esa posibilidad. Ella lo había abandonado en el pasado por una buena razón. Necesitaba mantener las distancias. El único motivo por el que había ido a buscarla era Jared. Nada más.

Pero, cuando él le acarició la mano con el pulgar, ella recordó todo lo que se había negado a sí misma desde que había sido madre...

–Nos casaremos –contestó él con tono serio.

Gavin nunca le había pedido a ninguna mujer que se casara con él. Bueno, en realidad, tampoco se lo acababa de pedir a Sabine. Había sido, más bien, una afirmación. De todos modos, ni en sus sueños más bizarros habría podido anticipar una respuesta así.

Sabine se rio en su cara. Fueron carcajadas sinceras, salidas del corazón. Sin duda, ella no tenía ni idea de lo mucho que le costaba pedirle a nadie que fuera su esposa, sobre todo, a una mujer que ya lo había abandonado una vez.

–¡Hablo en serio! –exclamó él, pero solo logró hacerla reír con más fuerza. Armándose de paciencia, se recostó en su asiento y esperó a que se le parara–. Cásate conmigo, Sabine.

–No.

Aquella firme y decidida negativa fue peor que su risa.

–¿Por qué no? –quiso saber él, ofendido. Era un gran partido. Cualquier mujer debería estar agradecida por una proposición así.

Sabine sonrió y le dio una palmadita tranquilizadora en la mano.

–Porque tú no quieres casarte conmigo, Gavin. Quieres hacer lo correcto y darle un hogar estable a tu hijo. Un sentimiento muy noble, de verdad. Te lo agradezco, pero no voy a casarme con alguien que no me ama.

–Tenemos un hijo.

–Esa no es razón suficiente para mí.

–¿No es razón suficiente convertir a Jared en hijo legítimo? –preguntó él, sin dar crédito.

–No estamos hablando de la sucesión al trono de Inglaterra. Y hoy en día, no pasa nada por ser hijo de madre soltera. Si quieres formar parte de su vida, eso es suficiente para mí. Lo único que quiero de ti es que le dediques tiempo de calidad.

–¿Tiempo de calidad? –repitió él, frunciendo el ceño. Casarse le parecía una manera más fácil de hacer las cosas.

–Sí. Si estás dispuesto a casarte con la madre de tu hijo a pesar de que no la amas, deberías estar dispuesto a dedicarle tiempo a Jared. No voy a presentarle a su padre para que sigas trabajando hasta medianoche y lo ignores. Jared está mejor sin padre que con uno que no quiere esforzarse por él. No puedes perderte sus cumpleaños, ni sus partidos. Tienes que presentarte siempre que hayas quedado con él. Si no puedes ser su padre al cien por cien, es mejor que no te molestes.

Sus palabras le resultaron a Gavin demasiado duras. Él no consideraba a sus progenitores malos padres, sino personas ocupadas. Aunque sabía lo que se sentía al ser el último en su lista de prioridades. Miles de veces se había sentado a esperar a sus padres frente a la entrada de casa, en vano. Y otras tantas los había buscado entre la multitud en sus partidos de fútbol, rezando por que hubieran ido a verlo, sin éxito.

Siempre se había dicho que no repetiría con sus hijos los mismos esquemas. Sin embargo, a pesar de que había visto a Jared y estaba decidido a reclamar un lugar en su vida, no tenía mucha idea de qué iba a hacer con él.

Sabine tenía razón. Era un completo ignorante en ese terreno. Por reflejo, lo primero que haría sería entregárselo a alguien que supiera cuidar niños y continuar centrándose en su negocio.

Justo lo que Sabine temía.

Era lógico, por otra parte. Gavin se había pasado la mayor parte de su relación debatiéndose entre el trabajo y ella. Nunca había logrado encontrar un equilibrio. Con un niño, sería todavía más difícil. En parte, esa era la razón por la que nunca había pensado en formar una familia. Su prioridad era el trabajo y no podía negarlo.

No obstante, ya no podía elegir. Tenía un hijo, quisiera o no. Y tendría que encontrar la manera de dirigir su imperio sin defraudarlo. No estaba seguro de cómo, pero lo conseguiría.

–Si os dedico tiempo de calidad, ¿me dejarás ayudarte?

–¿Ayudarme con qué?

–Con todo, Sabine. Si no te quieres casar conmigo, al menos, deja que te compre un piso bonito en la ciudad. En la zona que más te guste. Deja que pague la educación de Jared. Podemos inscribirle en la mejor escuela. Puedo contratar a alguien para que te ayude con la casa, alguien que limpie y cocine y recoja a Jared del colegio, si tú quieres seguir trabajando.

–¿Y por qué ibas a hacer eso? Lo que estás sugiriendo te costaría mucho dinero.

–Quizá, pero merece la pena. Es una inversión en mi hijo. Hacer tu vida más fácil, te hará más feliz. Estarás más tranquila para cuidar a nuestro hijo. Él podrá pasar más tiempo jugando y aprendiendo que sentado en el metro. Además, si vivís en Manhattan, será más fácil para mí verlo a menudo.

Gavin adivinó que las defensas de Sabine comenzaban a tambalearse. Era una mujer orgullosa y no estaba dispuesta a admitir que era difícil criar a un hijo sola. Los niños necesitaban tiempo, dinero y esfuerzo. Ella ya había renunciado a la pintura. Sin embargo, sabía que convencerla no sería fácil.

Él conocía a Sabine mejor de lo que ella creía. No era la clase de chica ansiosa por cazar a un hombre rico y ascender en la escala social. Por eso, no le cabía ninguna duda de que Jared había sido un accidente. Y, a juzgar por la cara que ella había puesto al verlo en su casa, ella habría preferido que su padre hubiera sido cualquiera menos él.

–Poco a poco, por favor –pidió ella. Su expresión estaba impregnada de tristeza.

–¿Qué quieres decir?

–En menos de dos horas, te has encontrado con que tienes un hijo y casi una prometida. Es un gran cambio para ti, igual que para nosotros. Es mejor no apresurarse –opinó ella con un suspiro–. Hagamos las pruebas de ADN, para que no quepa ninguna duda. Luego, podemos hablarle a Jared de tu existencia y contárselo a nuestras familias. Después, es posible que nos mudemos para estar más cerca de ti. Pero son decisiones que deben tomarse con calma, no en cuestión de minutos –propuso, y se miró el reloj–. Tengo que entrar.

–De acuerdo –repuso él, salió del coche y dio la vuelta para abrirle la puerta.

–Mañana tengo el día libre. Puedes pedir cita para hacer la prueba de paternidad, llámame o mándame un mensaje y nos veremos allí. Mi número es el mismo. ¿Todavía lo tienes?

Claro que lo tenía. Gavin había estado a punto de llamarla cientos de veces después de su ruptura. Pero era demasiado orgulloso para hacerlo. Además, no había tenido sentido intentar convencerla de que hubiera vuelto, cuando ella no había querido estar con él.

En ese momento, sin embargo, se arrepintió de no haber intentado arreglar las cosas. Podía haber buscado más tiempo para ella. Así, tal vez, habría estado allí para escuchar el primer llanto de su bebé. Y, quizá, la madre de su hijo no se habría reído en su cara ante su proposición de matrimonio.

–Sí.

Sabine asintió y, despacio, comenzó a caminar hacia la entrada del centro de yoga.

–Nos vemos mañana –dijo ella, girándose desde la puerta.

–Hasta mañana –se despidió él.

Gavin percibió una tristeza en su expresión que no le gustó nada. Siempre había sido una mujer vibrante y llena de entusiasmo. Cuando lo había conocido, le había hecho abrir los ojos y descubrir que la vida era mucho más excitante que sus aburridos negocios. Desde que se habían separado, no había dejado de echarla de menos.

En el presente, lo lamentaba más que nunca. No solo por su hijo, sino porque Sabine parecía una sombra de la mujer que había conocido.

–Lo siento, Gavin –murmuró ella, antes de darse media vuelta y entrar en el centro donde daba sus clases.

Ella lo sentía. Y él, también.

# Capítulo Tres

Gavin llegó a la oficina a la mañana siguiente antes de las siete. Los pasillos estaban silenciosos y desiertos. Su gran despacho había pertenecido a su padre y a su abuelo antes que a él.

Su bisabuelo había fundado la compañía en 1930. Había empezado siendo un servicio local de transportes pero, enseguida, había comenzado a utilizar trenes, camiones y aviones para llevar sus paquetes a todo el mundo. Desde entonces, la empresa siempre había estado en manos de los Brooks. Todo en ella estaba impregnado de tradición y era uno de los negocios más sólidos y prestigiosos y de América.

Sin embargo, a pesar de que Gavin no había querido reconocerlo delante de Sabine, no era eso lo que él quería de la vida. Desde que había nacido, lo habían educado para dirigir Envíos Brooks Express. Había recibido la mejor educación, había estudiado en Harvard. Todo encaminado a seguir los pasos de su padre. Aunque le resultaba un peso demasiado agobiante.

Sabine tenía razón en algunas cosas. Sin duda, su familia daría por hecho que Jared iba a ser su sucesor en la compañía. La diferencia era que Gavin pensaba asegurarse de que su hijo sí tuviera elección.

Tras sentarse ante su escritorio, encendió el ordenador. Lo primero que hizo fue enviar un correo electrónico a su asistente, Marie, para que concertara una cita con el laboratorio de pruebas de ADN. Y le puntualizó que era un tema confidencial. Nadie debía saberlo.

Marie no llegaría hasta las ocho, pero estaba seguro de que, en el trayecto en tren hasta allí, tendría tiempo de arreglarlo todo con su *smartphone*.

A continuación, sacó de una bolsa una taza de café caliente y un bollo que había comprado en la cafetería de abajo. Mientras desayunaba, echó un vistazo al montón de mensajes que llenaban la bandeja de entrada.

Uno de ellos captó su atención. Era de Roger Simpson, el dueño de Exclusivity Jetliners.

La pequeña compañía de jets de lujo era especialista en viajes privados. Pero Roger quería retirarse. Lo malo era que no tenía un heredero preparado para tomarle el testigo. Tenía un hijo, Paul, pero al parecer Roger prefería vender la compañía que dejarla en manos de un joven tan irresponsable.

Enseguida, Gavin le comunicó que estaba interesado. Desde niño, había estado enamorado de los aviones. A los dieciséis años, sus padres le habían regalado un curso de vuelo.

Incluso había pensado enrolarse en las Fuerzas Aéreas como caza de combate. Sin embargo, su padre había cortado su sueño de raíz. Una cosa

34

era consentir el pasatiempo de su hijo y otra permitir que amenazara su imperio familiar.

Gavin tragó saliva ante aquel amargo recuerdo. Su padre había ganado la batalla entonces, pero, en el presente, él y solo él era el dueño de su vida.

Envíos Brooks Express estaba pensando abrir una nueva línea de negocio dirigida a clientes de élite que quisieran que sus envíos fueran tratados con el máximo cuidado. La pequeña flota de Exclusivity Jetliners sería perfecta para esos casos especiales en que se requería el transporte de un Picasso y su entrega en el mismo día.

Si su plan funcionaba, le daría a Gavin algo que había echado de menos toda su vida: la oportunidad de volar.

Sabine lo había animado siempre a encontrar una forma de compatibilizar sus obligaciones con sus sueños. En el pasado, le había parecido imposible, pero no había dejado de darle vueltas.

La noche anterior tampoco había podido dejar de pensar en lo que ella le había dicho. Sabine siempre había tenido la habilidad de calarle muy hondo e ir al grano.

Ella no veía a Gavin como un poderoso hombre de negocios. El dinero y el poder no eran algo que le interesara. Después de haber sido perseguido por las mujeres durante años, Sabine había sido la primera a la que había perseguido él. La había estado observando en aquella galería de arte donde la había visto por primera vez y había sentido la urgencia de poseerla.

Aunque ella no había dado ninguna importancia su riqueza, no había podido ignorar lo diferentes que eran sus vidas.

Su relación había durado el tiempo que habían podido mantenerla dentro de la burbuja del dormitorio, sin acudir a reuniones sociales ni mezclarse con la clase alta con la que él solía codearse. Para ella, su riqueza no solo no era una cualidad, sino que le había resultado casi un estorbo. ¡Ni siquiera había querido contarle que había estado embarazada!

Asimismo, Sabine lo había acusado de renunciar a las cosas que amaba por sus obligaciones. Y había acertado. Durante toda la vida, había estado abandonando sus sueños por un maldito sentido del deber. ¿Pero qué otra cosa podía haber hecho? Ninguno de sus hermanos estaba preparado para dirigir la empresa. Alan apenas se presentaba por la oficina, ni siquiera sabía en qué país estaría en ese momento de vacaciones. Su hermana, Diana, era demasiado joven y no tenía experiencia. Su padre se había retirado. Eso significaba que, si él no se ocupaba del imperio familiar, tendría que dejarlo en manos de un extraño.

Y Gavin no quería que eso sucediera. Todavía recordaba cuando, sentándolo en sus rodillas de pequeño, su abuelo le había contado orgulloso historias de cómo su bisabuelo había fundado la compañía. No podría defraudarlos.

El móvil le sonó para indicarle que tenía un mensaje. Era Marie. Había quedado con su médico en Park Avenue a las cuatro y cuarto. Excelente.

Copió la información para enviársela a Sabine en otro mensaje. Sin embargo, apretó el botón de llamada casi sin pensarlo. Quería escuchar su voz. Había pasado tanto tiempo sin ella que cualquier excusa era válida para oírla de nuevo. Aunque no se dio cuenta, hasta que fue demasiado tarde, de que eran las siete y media de la mañana.

—¿Hola? —contestó ella. Su voz no sonaba somnolienta.

—Sabine, soy Gavin. Siento llamar tan pronto. ¿Te he despertado?

Ella rio.

—Claro que no. Jared se levanta con las gallinas, a las seis de la mañana, todos los días. Como siga así, va a ser granjero, como su abuelo.

Gavin frunció el ceño antes de darse cuenta de que Sabine hablaba de su propio padre. Él no sabía mucho de su familia, solo que vivían en Nebraska.

—Mi asistente nos ha concertado una cita para la prueba de ADN —informó él, dándole la dirección del médico.

—De acuerdo. Nos veremos allí un poco antes de las cuatro y cuarto.

—Yo te recogeré.

—No, iremos en metro. A Jared le gusta el tren. Hay una parada cerca de allí, así que no es problema.

Sabine defendía con ferocidad su independencia. Cuando salían juntos, no había dejado nunca que él hiciera nada por ella. Y eso le ponía muy nervioso.

–Después de la prueba, ¿puedo llevaros a Jared y a ti a cenar?

–Umm –murmuró ella, quizá pensando en una excusa para negarse.

–Un poco de tiempo de calidad –añadió él con una sonrisa.

–De acuerdo. Me parece bien.

–Nos vemos esta tarde.

–Adiós –se despidió ella, y colgó.

Gavin sonrió. Estaba deseando volver a ver a su hijo. Y, aunque no quisiera admitirlo, también se moría de ganas de volver a ver a Sabine.

A Sabine le sorprendió lo poco que tardaron en la consulta del médico. El papeleo fue lo más pesado. Les dijeron que los llamarían el lunes para darles los resultados.

A las cinco menos cuarto, estaban parados en la calle, ante un semáforo en rojo en Park Avenue. Sabine ató a Jared en su sillita de paseo.

–¿Qué os gustaría comer? –preguntó Gavin.

Ella adivinó que la mayoría de restaurantes que él conocía no debían de estar preparados para niños. Miró a su alrededor, pensativa.

–Creo que hay una hamburguesería bastante buena a dos manzanas de aquí.

–¿Hamburguesería?

–En los restaurantes caros que conoces no tienen menú infantil –repuso ella, riendo ante la estupefacción de Gavin.

–Lo sé.

Meneando la cabeza, Sabine comenzó a caminar en dirección a local que conocía. Gavin se apresuró a seguirla.

–Estás acostumbrado a gastarte cantidades exageradas en cenas. Supongo que eso es lo que tus invitados esperan de ti, pero Jared y yo no funcionamos así. Para comer, necesitamos mucho menos dinero del que tú te gastas en una botella de vino. Y no nos importa, ¿verdad, Jared?

El pequeño sonrió e hizo un gesto de aprobación con el pulgar hacia arriba.

–¡*Habuguesa*!

–¿Lo ves? –indicó ella, sonriendo–. Es fácil de complacer.

La hamburguesería estaba un poco llena, pero pudieron pedir y sentarse antes de que el pequeño comenzara a cansarse. Sabine intentó concentrarse en Jared y en que no se manchara de salsa por todas partes. Era más fácil que mirar a Gavin e intentar adivinar qué pensaba.

Él se estaba comportando con más amabilidad de la que esperaba, caviló Sabine. Sin embargo, cuando se conocieran los resultados de la prueba, las cosas cambiarían, adivinó. Le preocupaba que hubiera demasiados cambios en poco tiempo. Lo más probable era que Gavin acabara insistiendo en que los dos se mudaran a vivir con él, para poder estar cerca de su hijo. Y, si no aceptaba, quizá quisiera quitarle la custodia.

Esos eran los oscuros pensamientos que la habían acosado durante todo el embarazo. Los mismos miedos que la habían impulsado a ocultarle a

Jared a Gavin. Sin embargo, en ese momento, no pudo evitar sonreír al ver a los dos coloreando juntos la hoja del menú infantil.

Mientras el padre de su hijo estaba distraído, Sabine lo observó de reojo. Tenía el pelo moreno, los hombros anchos y una fuerte mandíbula. Era un hombre muy atractivo, y esa había sido la razón por la que no había podido resistirse a salir con él hacía tres años. Todo en él irradiaba poder y salud. Era interesante y considerado, honrado y leal.

Sin duda, era la clase de espécimen masculino con quienes muchas estarían deseando procrear.

Sin darse cuenta, al pensar en él de ese modo, a Sabine se le aceleró el pulso y se sonrojó. Una oleada de calor la invadió el cuerpo y le anidó en el vientre. Cerró los ojos y respiró hondo, rezando por poder domar su deseo.

–¿Tienes que hacer algo más en la ciudad antes de que te lleve a casa?

Cuando abrió los ojos, se lo encontró mirándola con curiosidad.

–Iremos en metro.

–No, insisto –dijo él, pagó la cuenta y le tendió su lápiz de colorear a Jared.

–Gavin, tu deportivo es para dos personas, y no llevas sillita de niño. No puedes llevarnos a casa.

Sonriendo, él se sacó del bolsillo el resguardo para recoger el coche del garaje.

–Hoy, no. Hoy tengo un Mercedes de cuatro puertas.

Sabine abrió la boca para protestar, pero él no le dejó hablar.

–… con una sillita nueva para coche que Jared puede usar hasta que pese veinticinco kilos.

Ella cerró la boca. ¿Qué daño podía hacerles que los llevara a casa? Sin embargo, temía que Gavin siempre se saliera con la suya, sobre todo, en lo que respectaba a las decisiones importantes.

Esa noche, de todos modos, Sabine no tenía ganas de discutir. Esperó con Jared mientras Gavin recogía el coche.


Tuvo que admitir que era agradable sentarse en los suaves asientos de cuero y dejar que otro se preocupara de lidiar con el tráfico, no tener que subir y bajar escaleras en un metro abarrotado.

–Gracias –dijo ella, cuando llegaron ante su casa.

–¿Por qué?

–Por traernos en coche.

–No es ningún problema para mí. No hace falta que me des las gracias por eso –aseguró él, frunciendo el ceño.

–Creo que le gusta –comentó ella, contemplando a su hijo dormido en su nuevo asiento. Todavía era un poco temprano, menos de las siete. Aun así, si podía llevar al niño a su cama y quitarle los zapatos y la sudadera sin despertarlo, el pequeño no se despertaría hasta el amanecer, pensó.

Cuando salieron del coche, Gavin sacó a Jared en brazos. El pequeño apoyó la cabeza en su hombro. Su padre lo sujetó con suavidad, posándole una mano en la espalda.

Sin poder evitarlo a Sabine se le escaparon lágrimas de los ojos al observar la tierna escena. Parecían dos gotas de agua. Era la segunda vez que Jared veía a Gavin y ya parecía haberse familiarizado con él.

Gavin lo llevó hasta la casa. Después de entrar, Sabine lo guio al dormitorio, con las paredes pintadas de verde pálido y un mural de Winnie the Pooh encima de la cuna. La cama de ella estaba en la pared opuesta.

Después de quitarle los zapatos a su hijo, le hizo una seña a Gavin para que lo dejara en la cuna. De inmediato, el niño se acurrucó y se abrazó a su dinosaurio de peluche.

Su madre lo cubrió con la manta y, sin hacer ruido, salió con Gavin de la habitación y cerró la puerta.

En vez de presentar sus excusas para irse, Gavin se quedó mirando un cuadro que había sobre la mesa del comedor.

—Lo recuerdo.

—Era el que estaba pintando cuando salíamos —dijo ella con una sonrisa.

En el fondo, la pintura mostraba una ordenada gama de tonos blancos, crema y marfil. Su perfecta estructura representaba a Gavin. Y, en primer plano, brochazos de color púrpura, negro y verde. Desorden, caos. Esa era Sabine. La obra era la ilustración perfecta de por qué su unión había servido para hacer arte, pero no tenía sentido en la práctica.

—La última vez que lo vi no lo habías terminado.

Algunas cosas son nuevas, como las cruces azules. ¿Cómo lo has llamado?

Las cruces azules eran signos positivos, como el que le había dado la prueba de embarazo cuando se la hizo.

–*Concepción*.

–Es muy bonito –comentó él, contemplándolo con la cabeza ladeada–. Me gustan los colores. El beis queda perfecto con esos tonos más chillones.

Sabine sonrió. Él no captaba el simbolismo de su relación, pero no importaba. El arte era siempre algo subjetivo.

–Tienes mucho talento, Sabine.

–No es una de mis mejores obras –repuso ella, quitándose importancia. No se sentía cómoda con los halagos.

–No –insistió él y, acercándose, la tomó de la mano–. Está mejor que bien. Eres una pintora con talento. Siempre me ha impresionado cómo puedes crear cosas tan imaginativas y maravillosas a partir de un lienzo blanco. Lo sepas o no, eres especial. Espero que nuestro hijo tenga el mismo don.

Saber que Gavin deseaba que su hijo se pareciera en algo a ella fue demasiado para Sabine. Sus padres siempre habían desaprobado su interés por pintar. Ella no había hecho más que decepcionarles.

Sin pensárselo, Sabine lo abrazó con fuerza. Al principio, él se sorprendió, pero enseguida la abrazó también.

–Gracias –le susurró ella.

Era agradable estar entre los brazos de aquel hombre tan fuerte y cálido. Era maravilloso sentirse apreciada por su trabajo.

Con la cabeza apoyada en el pecho de él, Sabine percibió los latidos acelerados de su corazón. Tenía los músculos tensos. O estaba muy incómodo o lo que sentía por ella era algo más que aprecio profesional, adivinó Sabine. Y cuando levantó la vista se quedó sin respiración al ver sus ojos. Los tenía brillantes de deseo y la miraban como nunca había creído que volverían a hacerlo.

La intensidad de su mirada hizo que le subiera la temperatura al instante. Como le había pasado en el restaurante, se sonrojó. Había pocas cosas en la vida tan exquisitas como hacer el amor con Gavin. No podía negar que aquel hombre sabía cómo tocarla.

Y, aunque sabía que era un peligroso error, lo único que ella quería en ese momento era que volviera a hacerlo.

Él debió de leerle la mente, porque inclinó la cabeza y la besó. Primero, con suavidad, saboreándola. Poco a poco, mientras ella se apretaba contra su cuerpo, el beso se incendió. Gavin la recorrió con sus manos, marcándola con fuego con cada caricia.

Pero, justo cuando ella iba a rodearle el cuello con los brazos, rindiéndose a la pasión, él empezó a retirarse.

—Es mejor que me vaya —dijo él, aclarándose la garganta.

Ella asintió y lo acompañó a la puerta.

–Buenas noches, Sabine –se despidió él con un ronco susurro, y salió.

–Buenas noches –musitó ella, y se llevó los dedos a los labios, que todavía le cosquilleaban por el beso–. Buenas noches.

# *Capítulo Cuatro*

–Esta noche tenemos una cita, bueno, no sé cómo llamarlo –dijo Sabine, mientras doblaba unas camisas.

–Es un gran cambio –comentó Adrienne con una sonrisa–. Y, por el momento, parece que todo va bien, ¿verdad?

–Sí. Supongo que por eso estoy preocupada. Es como si estuviera esperando que todo se fuera a pique en cualquier momento.

Era sábado y la boutique estaba abierta, pero la afluencia de clientes no solía comenzar hasta el mediodía. Sabine y Adrienne estaban solas y podían hablar con libertad. Adrienne había acudido más pronto de lo normal para poder relevar a su encargada, que había quedado con Gavin para comer.

–No creo que vaya a robarte a Jared, Sabine. A mí me parece que es un hombre razonable.

–Lo sé. Pero no tendremos los resultados de la prueba de paternidad hasta el lunes. Si va a hacer algo, esperará a ese momento. El Gavin con el que yo salí hace tres años era un hombre calculador e impasible. No le importaba esperar el momento adecuado para atacar.

–Pero, esto no es trato de negocios y él no es una serpiente. Tenéis un hijo juntos. Es diferente –opinó su jefa, mientras terminaba de vestir a un maniquí.

–La vida es trabajo para Gavin. Más que pedirme que me casara con él, fue como una oferta de fusión empresarial.

–¿Y el beso? –preguntó Adrienne, mirándola con las manos en las caderas.

Eso sí que no sabía cómo explicarlo, reconoció Sabine para sus adentros.

–Quizá fue solo una cuestión de estrategia. Sabe que tengo debilidad por sus besos. Solo quiere llevarme a su terreno.

–¿De verdad piensas que lo hizo por eso? –inquirió su jefa, poco convencida.

–No lo sé. La verdad es que no me pareció premeditado –admitió Sabine, y recordó cómo sus cuerpos se habían amoldado el uno al otro. Suspiró y meneó la cabeza–. Pero eso da igual. Lo importante es que Gavin no me ama. Nunca me ha querido. No soy más que un instrumento para llegar a su hijo. Y, cuando se canse de juegos, se librará de mí como si fuera un obstáculo más en su camino.

–¿No crees que quiera mantener una relación contigo?

–¿Por qué iba a querer eso? –replicó Sabine–. La última vez que estuvimos juntos, mostró tan poco interés que ni siquiera parpadeó cuando rompimos. Me dejó marchar como si no hubiera sido más que un pasatiempo para él. Nunca me habría buscado si no se hubiera enterado de lo de Jared.

–Tú lo dejaste –le recordó Adrienne–. Quizá fue el orgullo lo que le impidió ir tras de ti. Escucha, yo estoy casada con un tipo así. En el mundo de los negocios, mostrar un signo de debilidad solo despierta el hambre de los tiburones. Han aprendido desde pequeños a ocultar sus emociones, por eso, dan la sensación de ser invulnerables.

Su jefa sabía de lo que estaba hablando. Estaba casada con Will Taylor, dueño de uno de los más antiguos y exitosos periódicos de Nueva York. Descendía de una familia de hombres de negocios, igual que Gavin. Sin embargo, cuando estaba con su esposa, parecía un gatito enamorado. No tenía nada que ver con la forma con que se comportaba en el trabajo.

Sin embargo, a Sabine le costaba imaginarse que Gavin pudiera ser tierno bajo su fría coraza. Cuando habían compartido momentos íntimos hacía años, él nunca se había entregado del todo.

–¿Estás diciendo que me dejó marchar y se pasó toda la noche llorando solo?

Adrienne rio.

–Bueno, quizá eso sea un poco exagerado, pero puede que lo lamentara y no supiera cómo actuar. Jared le da una buena razón para poder verte, sin tener que lidiar con sus sentimientos por ti –sugirió Adrienne.

Un par de clientas entraron, interrumpiendo la conversación, y Sabine se concentró en colocar las bolsas, estampadas con la firma de su propietaria.

Sin duda, los sentimientos no eran el fuerte de Gavin, caviló ella. Quizá, la había besado porque tenía la intención de recuperar su relación física. Siempre había habido química entre los dos, desde el primer momento.

Aquella noche, Sabine había estado absorta contemplando una obra de arte expuesta en una galería. Sorprendida, se había atragantado con el champán al escuchar una seductora voz masculina en el oído.

—A mí me parece un error muy caro.

Al girarse para mirarlo, ella se había quedado paralizada. Se había topado con un hombre imponente, impecablemente vestido, mirándola con ojos brillantes de deseo. En ese mismo instante, ella se había derretido sin remedio.

Los días que habían seguido a su primer encuentro fueron maravillosos. Sin embargo, en ningún momento los ojos de él habían delatado ningún sentimiento, aparte del más puro deseo.

Una de las clientas se compró una blusa y un pañuelo.

Cuando se hubieron quedado a solas de nuevo, Sabine y su jefa siguieron hablando.

—¿Adónde vais a ir hoy? —preguntó Adrienne desde el almacén.

—Al zoo de Central Park.

—Qué divertido —opinó Adrienne, mientras se acercaba con un montón de sus últimas creaciones—. ¿Ha sido idea suya?

—No —negó Sabine, riendo, y ayudó a su jefa a colgar los vestidos—. Él no tenía ni idea de qué hacer con un niño de dos años. Le propuse el zoo porque quería hacer algo que no fuera muy caro.

–¿Qué quieres decir?

–No quiero que Gavin le compre nada a Jared todavía. Al menos, nada grande y caro. Gavin me contó una vez que su padre solo lo sacaba para ir de compras. No quiero que se repita ese patrón.

–El dinero no es nada malo, Sabine. Yo nunca lo había tenido, hasta que me casé con Will. Y te aseguro que hace falta adaptarse al cambio. Pero, una vez que te acostumbras, puedes usarlo para cosas buenas.

–También es un sustituto del amor y la atención. Ahora Jared es pequeño, pero pronto entrará en la fase de pedir que le compren todo. No quiero que su padre compre su afecto con caros obsequios.

–Intenta no tener tantos prejuicios –le aconsejó Adrienne–. Que le compre algo a Jared no es nada malo. Si un globo hace sonreír a tu hijo, no te preocupes y disfruta –añadió y, mirándola, arrugó la nariz.

–¿Qué te pasa?

–No lo sé. Tengo el estómago un poco revuelto. Creo que no me ha sentado bien el desayuno. O es eso o tu drama me está dando náuseas.

Sabine rio.

–Siento que mi caótica vida te maree. Tengo sal de frutas en el bolso, si la quieres.

–No hace falta –repuso la otra mujer, y miró el reloj–. Es mejor que te vayas, si no quieres llegar tarde. Diviértete.

–De acuerdo. Te lo prometo –contestó Sabine, esperando que así fuera.

Cuando Gavin entró en Central Park, se dio cuenta de que hacía mucho tiempo que no iba a pasear por allí. Lo tenía en frente de su casa, pero apenas prestaba atención a la verde extensión que se abría ante él.

Lo primero que pensó era que iba demasiado elegante para una tarde en el zoo. No se había puesto corbata, aunque sí llevaba traje. Quizá hubiera sido mejor ponerse unos vaqueros. Podía volver a casa para cambiarse, pero decidió no hacerlo para no llegar tarde.

Cuando era más joven, le encantaba correr por los caminos del parque y jugar al frisbi con sus amigos. Sin embargo, cuanto más se había volcado en su compañía, menos importantes le habían parecido los árboles y la puesta de sol.

Al llegar a la entrada principal del zoo, estaba sudando. Se quitó la chaqueta y se remangó. Había quedado allí mismo con Jared y Sabine, pero no los vio por ninguna parte.

Miró la hora en el móvil y comprobó que había llegado un poco pronto. Para hacer tiempo, se puso a revisar su correo electrónico, para ver si Roger, el dueño de Exclusivity Jetliners, le había escrito. Al parecer, su hijo, Paul, se oponía a sus planes de vender la compañía y tenía la intención de convertirse en su nuevo director. Y Roger estaba pensándoselo.

El sonido de la risa de un niño sacó a Gavin de sus pensamientos. Al levantar la cabeza hacia allí, vio a Jared jugando con su madre bajo la sombra de un gran árbol.

Guardándose el móvil en el bolsillo, se dirigió hacia allí. Sabine estaba agachada junto a su hijo, vestida con pantalones beis y una blusa corta. Llevaba el pelo recogido en una cola de caballo y una gran mochila roja.

Jared estaba jugando con uno de sus camiones en el barro. Al parecer, el pequeño había sido capaz de encontrar el único charco que había en el parque en un día tan caluroso. Estaba agachado descalzo, metiendo su juguete en el barro, y reía feliz cada vez que se salpicaba la camiseta. Estaba sucio y contento como un cerdito.

El primer impulso de Gavin fue agarrar a su hijo y sacarlo del barro de inmediato. Debía de haber un baño en algún sitio para lavarlo. Pero, cuando vio la sonrisa de Sabine, cambió de idea. A ella no le preocupaba ni lo más mínimo que se manchara.

Su madre se hubiera puesto histérica si lo hubiera visto jugando con la tierra, pensó Gavin. Su niñera lo habría bañado de pies a cabeza al momento. Después, le habrían dado un sermón sobre su actitud y habrían despedido a la niñera por no haberlo impedido a tiempo.

Jared lanzó otro camión al charco y el agua los salpicó a Sabine y a él. Lo único que ella hizo fue echarse a reír y limpiarse con la mano el barro del brazo.

Era increíble, se dijo Gavin, sintiendo deseos de ensuciarse también.

–Ah, hola –saludó Sabine al verlo allí parado. Se miró el reloj–. Siento haberte hecho esperar. Hemos llegado pronto y Jared no quería perderse la oportunidad de jugar en un charco como este –se excusó, levantándose.

–No pasa nada –aseguró él, mientras Sabine sacaba unas toallitas húmedas y una camiseta limpia.

–De acuerdo, compañero. Es hora de ir al zoo con Gavin.

–¡Sí! –exclamó el niño con entusiasmo.

–Dame tus camiones –pidió la madre, y los guardó en una bolsa de plástico. Luego, lo limpió con las toallitas, le cambió de camiseta y le ayudó a ponerse los zapatos, que habían dejado a un lado del charco–. ¡Perfecto! –dijo, y le chocó la mano.

Gavin la contempló admirado. No solo permitía a su hijo mancharse, sino que estaba completamente preparada para ello.

–Estamos listos –indicó ella, tomando al pequeño en sus brazos.

Gavin sonrió al ver una pizca de barro en la mejilla de Sabine.

–Aún no –dijo él y, sin pensar, le limpió la cara con el pulgar. En cuanto la tocó, sintió que algo cambiaba entre ellos.

Sabine abrió mucho los ojos y dejó escapar un pequeño gemido de sorpresa. También el cuerpo de él reaccionó. La deseaba, no podía negarlo. El tiempo que habían pasado separados no había cambiado aquella poderosa atracción. De hecho, parecía haberla amplificado más, si es que eso era posible.

La noche anterior, en casa de Sabine, había tenido que besarla. No había sido capaz de irse sin probarla una vez más. Y, cuando lo había hecho, había sido como abrir las puertas de una esclusa. Por eso, había tenido que irse. Si se hubiera quedado un minuto más, no habría podido contenerse.

Su relación era complicada. No era tan tonto como para volverse a apegar a ella. Incluso era demasiado pronto para retomar las relaciones íntimas. Por el momento, lo que necesitaba era mantener las distancias, tanto en el aspecto sentimental como físico.

Entonces, ¿por qué estaba parado como un bobo en medio de Central Park, sujetándole el rostro entre las manos? Debía de ser masoquista, se reprendió a sí mismo.

–Esto… tenías un poco de barro –murmuró, y dejó caer la mano, antes de acabar haciendo alguna tontería en público. Para distraer su atención, miró a Jared–. ¿Estás preparado para ver los monos?

–¡Sí! –respondió el niño, aplaudiendo.

Compraron las entradas y se sumergieron en el zoo. Visitaron a los leones marinos, los pingüinos y los pumas. A cada momento, Gavin disfrutaba de ver a su hijo tan contento.

–¿Venís mucho por aquí? –preguntó él, apoyado en la barandilla que había ante la zona de los monos–. Parece que a Jared le encanta.

–Es la primera vez. Estaba esperando a que fuera un poco mayor. Esta me pareció una oportunidad perfecta.

Gavin estaba sorprendido. Había creído que se había perdido la primera vez de su hijo en muchas cosas pero, al parecer, no había sido así.

–También es mi primera vez –reconoció él.

–¿Llevas toda la vida viviendo en Nueva York y nunca has venido al zoo? –preguntó ella, arqueando las cejas con incredulidad.

–En realidad, no he vivido aquí toda la vida. Mi familia vivía aquí, pero yo me pasaba casi todo el tiempo en el extranjero.

–¿Ni siquiera las niñeras te traían al zoo?

–No. A veces, me traían al parque a jugar o a pasear, pero nunca al zoo. No estoy seguro de por qué. Mi internado hizo una excursión a Washington D. C. en una ocasión. Visitamos el Museo Smithsonian y el Zoo Nacional. Yo debía de tener catorce años. Sin embargo, nunca había venido a este.

–¿Y nunca has ido a una granja escuela?

Gavin rio al pensarlo.

–Claro que no. Mi madre no habría soportado la idea de que tocara a los cerdos o a las vacas. Nunca he tenido mascotas de niño.

Sabine arrugó la nariz.

–Bueno, pues hoy será tu primer día. Luego, iremos a la zona de niños y Jared y tú podréis tocar a las cabras.

¿Cabras? Gavin no estaba seguro de querer hacer eso.

–Quizá podemos empezar por algo más pequeño –propuso Sabine, adivinando su reticencia–. Puedes acariciar un conejo. Hay sitios donde lavarse las manos después. Te prometo que no te pasará nada.

Gavin rio. Lo estaba tratando como si fuera un niño pequeño que necesitara ánimos para hacer algo nuevo. No estaba acostumbrado a que lo trataran así.

Cuando iban de camino a ver los conejos, le sonó el móvil. Era Roger. Tenía que responder.

–Perdona un momento –se disculpó él.

Ella frunció el ceño, pero asintió.

–Llevaré a Jared al baño mientras tanto.

Tras responder, Gavin se pasó diez minutos calmando las preocupaciones de Roger. No quería perder esa oportunidad. Adquirir su empresa de jets privados era una manera de cumplir su sueño de la infancia. Ansiaba poder pilotar uno de ellos a algún destino lejano. Estaba decidido y no iba a dejar que el hijo de Roger se interpusiera.

Todavía estaba hablando por teléfono cuando Sabine regresó, con cara de pocos amigos.

–Casi he terminado –le susurró él, tapando el aparato con la mano–. Puedo hablar mientras caminamos.

Ella se dio media vuelta y empezó a andar con Jared. Él los siguió de cerca, aunque no pudo evitar distraerse con la conversación. Cuando, al fin, colgó, Jared había terminado de dar de comer a los patos y estaba persiguiendo a uno de ellos.

Sabine lo observaba jugar con los ojos llenos de

amor. Eso era algo que Gavin apreciaba en ella. Sus padres nunca le habían tratado mal, pero habían sido distantes, siempre ocupados con quehaceres más importantes.

–Lo siento –se disculpó él, al ver que Sabine lo miraba con el ceño fruncido–. Era importante.

–Esto es lo más importante ahora mismo –indicó ella, volviendo la mirada hacia Jared.

Cuando un empleado del zoo sujetó un conejo para que pudiera acariciarlo, el pequeño sonrió a su madre.

–Conejo, mami –dijo el niño, imitando los movimientos del pequeño animal.

Ella tenía razón, pensó Gavin. Tenía que implicarse al cien por cien. Jared se lo merecía. Y Sabine, también.

# Capítulo Cinco

El domingo por la mañana, alguien llamó a la puerta temprano. Sabine estaba haciendo tortitas para desayunar, mientras Gavin jugaba con sus piezas de construcción. El domingo no tenían nada que hacer, no había clase ni ella tenía que trabajar. Por eso, los dos estaban en pijama.

Sorprendida, encontró a Gavin en la entrada. Todavía más raro le pareció verlo con vaqueros y una camiseta. Y le sentaban bien. Le resaltaban los músculos y se ajustaban a su cuerpo en los sitios adecuados, pensó, haciéndosele la boca agua.

Después, se dio cuenta de que llevaba en la mano una bolsa de pinturas y un lienzo blanco.

–Gavin. No esperaba verte a estas horas de la mañana –dijo ella al fin. Lo cierto era que había pensado que no volvería a verlo hasta conocer los resultados de la prueba de paternidad.

–Lo sé. Quería daros una sorpresa.

Sin mucha confianza, Sabine lo dejó entrar.

–Hola, campeón –saludó Gavin a Jared.

El niño corrió a su lado y, juntos, se dirigieron al salón simulando ser dos aviones. Jared terminó en el sofá, riendo mientras su padre le hacía cosquillas.

Era bueno que a su hijo le gustara Gavin, pensó ella. Sin embargo, no podía evitar preocuparse. ¿Podía contar con él durante los próximos dieciséis años? No estaba segura, pero más le valía a Gavin no estropearlo.

–Estaba haciendo tortitas –anunció ella, dirigiéndose de nuevo a la cocina–. ¿Has desayunado?

–Eso depende –contestó él, haciendo una pausa en la batalla de cosquillas–. ¿Qué llevan las tortitas?

–Arándanos.

–No, no he desayunado –replicó, sonriendo, y dejó que Jared volviera a jugar con sus piezas de construcción–. Ahora vuelvo, campeón.

Gavin la siguió a la cocina, que era muy pequeña para los dos. Sin éxito, ella intentó ignorar su cercanía y lo bien que le sentaban aquellos vaqueros. Sin poder evitarlo, se le endurecieron los pezones debajo del pijama.

–¿Qué te trae por aquí?

–Quería compensaros por lo de ayer –contestó él, viéndola doblar una tortita con un puñado de arándanos.

Sabine intentó no sacar conclusiones apresuradas. No le gustaba que él decepcionara a Jared y, luego, por sentirse culpable, tratara de compensarlo haciendo grandes cosas.

–¿Y eso cómo es?

–He visto en el periódico que el Circo de la Gran Manzana está aquí. He comprado entradas para esta tarde.

Justo lo que Sabine había pensado. Ella no tenía problema con ir al circo, pero él no se lo había pedido. No había llamado para preguntarle si tenían planes. ¿Y si a Jared no le gustaran los payasos? Había comprado las entradas sin más, dando por hecho que harían lo que él había planeado. Sin embargo, al menos, él estaba intentando poner de su parte, se recordó a sí misma.

–Seguro que a Jared le gusta. ¿A qué hora tenemos que salir?

–Bueno, eso es parte de la sorpresa. Tú te quedas.

–¿Qué quieres decir?

–He comprado entradas para Jared y para mí. Pensé que te gustaría disfrutar de tiempo libre. Te he comprado pinturas nuevas.

En vez de sentirse emocionada y agradecida, Sabine no pudo evitar preocuparse. No le gustaba que Gavin se llevara a su hijo sin ella. ¿Y si el pequeño se empachaba? ¿Y si se asustaba? ¿Sabía Gavin que su hijo todavía se hacía pipí encima algunas veces?

–No creo que sea buena idea.

–¿Por qué no? Dijiste que querías que me implicara.

–Ha pasado menos de una semana, Gavin. Has pasado un par de horas con él, pero ¿estás preparado para cuidarlo un día entero? –preguntó ella, y le puso un par de tortitas en el plato a Jared, junto a unos pedazos de plátano que había cortado.

–¿Crees que no podré hacerlo?

Ella suspiró, vertió un poco de sirope de arándanos en el plato y sirvió un vaso de leche. Colocó el desayuno del pequeño en la mesita de su trona y lo llamó. Cuando el niño estuvo sentado, se volvió hacia Gavin, que seguía parado en la puerta de la cocina, con aspecto irritado.

–No lo sé. No sé si puedes hacerlo o no. Ese es el problema. No nos conocemos lo suficiente todavía.

Cruzándose de brazos, Gavin se apoyó en la puerta. Sin querer, a Sabine se le fueron los ojos hacia su musculoso pecho.

–Sí nos conocemos, muy bien –discrepó él con un brillo malicioso en los ojos.

–Tu habilidad para hacerme llegar al orgasmo no tiene nada que ver con si puedes o no ocuparte de un niño pequeño –replicó ella, mirándolo a los ojos.

Al escuchar la palabra orgasmo, Gavin tragó saliva.

–No estoy de acuerdo. Las dos cosas requieren atención y anticiparse a las necesidades de la otra persona. No creo que sea distinto si necesitan beber agua, un juguete o satisfacción sexual.

A Sabine se le había quedado la boca seca. Él sonrió.

–¿Y si lo que necesita es que le cambien el pañal? ¿Y si le das demasiado algodón dulce y vomita en el asiento de tu lujoso Mercedes? Eso no es tan sexy.

El brillo de deseo en los ojos de él desapareció. Era difícil mantener la excitación con aquellas imágenes, reconoció ella. Por eso llevaba tanto tiempo sin salir con nadie.

–Deja de intentar asustarme –le reprendió él–. Sé que no es fácil cuidar a un niño. Pero solo serán unas horas. Puedo hacerlo. ¿Me dejas que lo haga por ti, por favor?

–¿Por mí? ¿No deberías hacerlo por tu hijo?

–Claro que lo hago por él. Pero, para poder mantener una relación con mi hijo, tú tienes que confiar en mí. Te lo devolveré esta noche, bien alimentado, bien cuidado y, si puede ser, limpio. Pero tú tienes que poner de tu parte y dejarme intentarlo. Disfruta de tu tarde libre. Pinta algo bonito. Ve a hacerte la pedicura.

Sabine tuvo que admitir que sonaba bien. No había tenido una tarde para sí misma desde el día del parto. No tenía familia para que cuidara a Jared y solo podía permitirse pagar a Tina para ir a dar sus clases de yoga. No había tenido ni un día solo para relajarse. Y para pintar...

En silencio, continuó haciendo tortitas.

¿Toda una tarde para sí misma?

Quiso aceptar, pero no podía dejar de preocuparse.

Lo más probable era que todo fuera bien. Además, si Jared volvía a casa cubierto de vómito rosa, tampoco iba a ser el fin del mundo. Después de todo, el circo estaba pensado para niños de su edad y no podía ser peligroso.

Minutos después, le tendió a Gavin su plato con tortitas.

–De acuerdo. Podéis ir. Pero quiero que te mantengas en contacto conmigo para saber cómo está. Y si pasa algo...

–Te llamo de inmediato –la interrumpió Gavin–. ¿Verdad?

No iba a resultarle fácil a Sabine compartir a Jared con otra persona. Pero también podía ser positivo. Dos padres podían ofrecer el doble de manos y el doble de ojos, el doble de amor.

–De acuerdo, bien. Tú ganas. Pero no le des demasiada azúcar o lo lamentarás.

Gavin nunca había estado tan cansado en su vida. Ni siquiera cuando había jugado en el equipo del colegio, ni cuando se había quedado sin dormir estudiando para un examen. Ni siquiera después de haberse pasado toda una noche haciendo el amor. ¿Cómo diablos podían los padres sobrevivir todos los días? ¿Cómo lograba Sabine cuidar de Jared sola, trabajar, dar clases de yoga? No era de extrañar que hubiera dejado de pintar, caviló.

Sin embargo, aunque estaba exhausto, había pasado uno de los mejores días de su vida.

Ver a Jared sonreír merecía todas las penas. Eso era el motor que impulsaba a todos los padres.

Aunque el día también había tenido sus accidentes. A Jared se le había caído el helado y se había puesto a llorar a todo pulmón. Para calmarlo, a él no se le había ocurrido otra cosa que comprarle una espada con luces. También había tenido que ir corriendo al baño con él justo cuando les había tocado su turno en la larguísima cola para comprar perritos calientes y palomitas. Sabine le había dicho que Jared estaba aprendiendo a ir al baño solo y que, cuando lo pidiera, tenían que hacerlo de inmediato. Así que habían acabado otra vez al final de la cola y habían tenido que esperar otros veinte minutos para saciar su hambre.

Pero el mundo no se había acabado. No había pasado nada terrible y, cada hora, le había enviado a Sabine un mensaje de texto para tranquilizarla.

Había sido un día lleno de emociones nuevas y, cuando llegaron al apartamento, el pequeño se había quedado profundamente dormido.

Gavin lo llevó en brazos a la puerta y llamó. Sabine no abría, así que giró el picaporte y, como estaba abierto, entró.

Esperaba encontrarla sumergida en sus pinturas. Sin embargo, estaba acurrucada en el sofá, dormida.

Gavin sonrió. Le había dicho que podía pasarse la tarde haciendo lo que quisiera. Debía de haberse imaginado que dormir estaría al principio de su lista de prioridades. Sin hacer ruido, llevó al niño al dormitorio, lo tumbó en la cama y lo dejó solo con los calzoncillos y la camiseta, como ella había hecho la noche anterior. Luego, lo tapó y apagó la luz.

Ella seguía dormida cuando volvió al salón. Gavin no quería irse sin despedirse, pero tampoco quería interrumpir su sueño. Así que se sentó a su lado y decidió esperar a que se despertara.

Le gustaba verla dormir. Muchas noches, se había quedado tumbado en la cama, observándola.

Había memorizado cada uno de sus rasgos y sus curvas. Sabine tenía algo que lo había fascinado desde el primer día que la había visto.

Las semanas que habían pasado juntos habían sido intensas. Sabine le había contagiado su entusiasmo por la vida. Y él lo había adorado todo de ella, desde su radiante sonrisa hasta su pelo de los colores del arcoíris. Le había encantado encontrar siempre una mancha de pintura en su piel. Era tan distinta de las otras mujeres que había conocido...

Por primera vez en su vida, él había comenzado a abrirle su corazón a alguien. Había empezado a hacer planes con ella, a soñar con que su relación fuera permanente. Y no había estado preparado para su repentina ruptura.

Durante todo ese tiempo, no se había dado cuenta de algo esencial. Sabine no confiaba en él, ni para entregarle a su hijo ni para entregarle su corazón.

Lo cierto era que él nunca le había demostrado sus sentimientos y, con ello, había perdido la oportunidad de poder amarla. Sin embargo, quería volver a tenerla en su cama. Ansiaba acariciarle el pelo, que esa noche llevaba recogido en un moño en lo alto de la cabeza. Deseó tocarlo y verlo extendido sobre la almohada.

Posando los ojos en su cuerpo, cubierto solo con una fina camiseta y unos pantalones cortos, se dijo que estaba más hermosa que antes. La maternidad le había dotado de más curvas. Sus caderas redondeadas suplicaban ser acariciadas.

Entonces, Gavin se fijó en su rostro, que no parecía relajado del todo. Una fina línea de preocupación le cruzaba la frente. Tenía ojeras. Estaba agotada.

Él estaba decidido a hacerle la vida más fácil. Al margen de cómo terminara su relación, ella se merecía toda su ayuda.

–Gavin –susurró ella.

Cuando la miró, esperando encontrársela despierta, se dio cuenta de que estaba hablando en sueños. Él contuvo el aliento, esperando que hablara de nuevo.

–Por favor –musitó ella, removiéndose en el sofá–. Sí. Te necesito.

¡Estaba teniendo un sueño erótico con él!, se dijo Gavin, sin poder contener una instantánea erección.

–Tócame.

Él no pudo resistirse. En cuanto posó la mano en la suave curva de su pantorrilla, se le aceleró el pulso y le subió la temperatura. Ninguna otra mujer lo había excitado tanto.

–¿Gavin?

Sabine lo estaba observando confusa. Se había despertado. Pero, en vez de apartarse, lo miró a los ojos, todavía incendiados por el sueño que había tenido. Entonces, se incorporó y lo besó.

Incapaz de controlar su deseo, Gavin decidió que se enfrentarían a las consecuencias después. El beso fue apasionado, mientras sus dedos se entrelazaban, sus cuerpos se apretaban uno contra otro.

Él la tocó por todas partes, justo como en sus fantasías. Sentir el contacto de su piel bajo los dedos era mejor de lo que había anticipado. Su excitación no podía ser mayor.

Al mismo tiempo, Sabine le recorrió el pecho con las manos y le agarró el borde de la camiseta. Se la quitó en un momento para, acto seguido, despojarse de la suya. Debajo, no llevaba sujetador.

Antes de que él pudiera inclinarse para tocarle los pechos, ella lo agarró del cuello y se tumbó, haciendo que él la cubriera con su cuerpo.

Gavin la besó en la boca, la mandíbula, el cuello. La mordisqueó y la acarició con la lengua. Luego, le rozó un pecho, jugueteando con su pezón erecto, mientras ella gemía y arqueaba las caderas.

—Te deseo tanto... —musitó él.

Sin contestar, Sabine deslizó las manos hacia la cremallera de sus vaqueros y se la bajó. Luego, metió la mano en sus calzoncillos y comenzó a acariciarlo. Gavin hundió la cabeza entre sus pechos para sofocar un gemido de placer.

Mientras, él comenzó a frotarle entre las piernas, por encima de los finos pantalones de algodón.

—Ahh —susurró ella con los ojos cerrados.

Era tan hermosa, que no podía esperar a verla llegar al orgasmo. Ansiaba hundirse en su cálido interior de nuevo, después de tanto tiempo.

—Por favor, dime que tienes preservativos —suplicó él. Esa mañana, había salido de su casa preparado para ir al circo, pero nada más, no se esperaba eso, ni mucho menos.

–Me puse un DIU cuando nació Jared –informó ella.

–¿Es eso suficiente?

–Supongo que sí –contestó ella, riendo–. Recuerda que el preservativo no nos funcionó tan bien la última vez.

–¿Quieres que siga? –preguntó él, mientras la besaba.

–Como pares, te mato –rugió ella, riendo.

Con un rápido movimiento, Gavin le quitó los pantalones cortos y las braguitas. Acto seguido, se quitó los vaqueros, con ayuda de ella, y los zapatos.

Entonces, Gavin la miró y el pecho se le hinchó de orgullo. Estaba preciosa desnuda, y lo estaba esperando a él. En un instante, le soltó el pelo, haciendo que los mechones negros y violetas le cayeran por los pechos.

Sin poder esperar ni un momento más, Gavin se colocó entre sus piernas. Primero, la tocó con la mano, deslizando un dedo en su interior.

–Gavin –rogó ella, jadeante.

Él siguió tocándola hasta hacerla gemir. Sujetándola con una mano de la cadera, se sumergió en su húmedo calor y se perdió en el placer del momento, antes de comenzar a moverse.

Sabine se aferró a él, hundiendo la cabeza en su pecho para sofocar sus gemidos y sus gritos. El ritmo fue creciendo, hasta que ambos estuvieron al borde del éxtasis.

Entonces, el cuerpo de ella se estremeció y se

apretó a su alrededor. Una arremetida más y él explotó también, con un rugido de satisfacción.

Los dos se dejaron caer rendidos sobre el sofá, jadeantes. Apenas se habían recuperado, Gavin oyó llorar a Jared en la otra habitación.

Como una bala, Sabine agarró sus ropas y corrió al dormitorio.

# *Capítulo Seis*

Jared volvió a dormirse enseguida. Sabine le cambió el pañal, le puso el pijama y lo acompañó, quizá, más tiempo del necesario. No quería volver al salón y enfrentarse a lo que acababa de hacer. No estaba preparada.

Maldito sueño erótico. Cuando se había dormido en el sofá, no había esperado tener una fantasía sexual con Gavin, mientras él la había estado observando. Al despertar y verlo tocándola con ojos brillantes de deseo, no había podido hacer otra cosa más que rendirse a la pasión.

Ya no podía dar marcha atrás. Ella había rechazado su proposición de matrimonio porque no la amaba, pero acababa de acostarse con él. Estaba hecha un lío.

Pero iba a tener que salir del dormitorio antes o después.

Armándose de valor, salió y cerró la puerta tras ella. Antes, entró en el baño, se lavó y se peinó con una cola de caballo. Cuando regresó al salón, Gavin estaba vestido, sentado en el sofá.

–¿Todo bien?

–Sí. Se ha dormido otra vez. No creo que se despierte hasta mañana por la mañana –contestó ella, atusándose el pelo nerviosa–. ¿Lo habéis pasado bien?

–Sí. Se ha portado genial. Casi no me ha dado ningún problema. Casi –comentó él con una sonrisa.

Sabine se alegraba. Había estado tan preocupada que no había podido pintar. Así que se había dado una larga ducha y, luego, se había tomado su tiempo en cosas que normalmente no podía permitirse, como depilarse las cejas o pintarse las uñas de los pies. Cuando se había sentado después a ver una de sus series favoritas de televisión, se había quedado dormida.

–Me alegro mucho –afirmó ella y, mirando el sofá donde acababan de hacer el amor, decidió que prefería no sentarse–. ¿Quieres vino? Yo me voy a servir un vaso.

–Sí, gracias –contestó él con una sonrisa.

Sabine adivinó que la situación también era un poco incómoda para él. Sin embargo, seguía allí.

Minutos después, ella volvió de la cocina con dos vasos de vino, le tendió el suyo y se sentó a su lado.

–Me sorprende que no pintaras nada hoy –indicó él, señalando al lienzo blanco.

–Me parece que he olvidado cómo pintar –confesó ella. Se había pasado buena parte de la tarde de pie ante el lienzo, intentando trazar algún boceto.

–Eso no es posible. Solo necesitas inspiración. Apuesto a que, si te relajas y dejas que tu vena artística fluya, volverás a hacerlo como antes.

–Eso espero.

–Tienes demasiado talento como para abandonarlo. Podemos ocuparnos de Jared juntos, para que tengas tiempo para pintar.

–¿Y qué vas a hacer con tu trabajo? Ayer, no podías despegarte del móvil.

Sabine escuchó su proyecto de comprar Exclusivity Jetliners y le pareció muy buen idea. Seguro que había mucha gente rica dispuesta a pagar un plus por aquel tipo de servicio. Eso no significaba que aprobara que sus planes se interpusieran entre ellos.

–Tengo la intención pilotar uno de esos aviones.

–¿Es que te han degradado de jefe a piloto?

–Ojalá –repuso él–. Siempre he querido manejar uno de esos jets. Son capaces de hacer cuatro mil millas sin repostar. Así podría cumplir mi sueño de cruzar el Atlántico. Necesito hacer algo más aparte de estar sentado detrás del escritorio todo el día. Cuando estoy en el cielo volando, es el único sitio donde puedo encontrar paz.

Sabine lo entendía. El yoga le ayudaba a relajarse, pero no había nada comparado con pintar para ella.

–Quiero pasar menos tiempo en la oficina y Jared me ha dado, por fin, una buena razón para lograrlo –continuó él–. Mi hijo será lo primero para mí. Ya me he perdido su primer año y quiero disfrutar de cada minuto de estar con él.

Ella se alegraba de que Gavin se hubiera apegado al pequeño tan pronto. Aunque, al mismo tiempo, le preocupaba que quisiera arrebatárselo algún día.

–He encontrado un piso muy bonito en Greenwich Village, con vista al parque de Washington Square –comentó él–. Tiene tres habitaciones y está cerca del metro.

Sabine le dio un largo trago a su vaso de vino.

–Pensé que te gustaba tu piso –replicó ella, haciéndose la tonta. No pensaba consentir que les planificara la vida–. ¿Te has cansado de vivir en el Ritz?

–¿Qué? –dijo él, frunciendo el ceño–. No es para mí. Es para vosotros. Me gustaría más que vivierais cerca de mí, pero sé que tú prefieres el centro. Podrías ir andando al trabajo.

Eso sería maravilloso, pensó Sabine. Igual que tener tres dormitorios, uno para ella y otro, para Jared.

–Estoy segura de que se sale de mi presupuesto.

–Ya te dije que quería ayudar. Deja que te compre un piso.

–Y yo te dije que quería que fuéramos despacio. Ni siquiera podría permitirme pagar el mantenimiento, o la contribución del piso.

Gavin la miró a los ojos con gesto serio.

–¿Cuánto pagas aquí de alquiler? ¿Qué te parece si compro un piso y te lo alquilo por la misma cantidad? Eso sería justo, ¿no? Además, no tendrías que preocuparte por contribuciones ni impuestos.

–Eso es ridículo. Yo pago aquí menos de la décima parte de lo que costaría ese piso.

–No me importa –repuso él, encogiéndose de hombros–. Por mí, podrías vivir allí sin pagarme alquiler alguno. Te lo he propuesto porque pensé que, así, te sentirías más cómoda.

–Una cosa es echarnos una mano y otra, comprarnos un piso que vale millones.

–Quiero que estéis cerca de mí –afirmó él, mirándola con intensidad.

¿Quería estar cerca de ella también?, se preguntó Sabine con la boca abierta.

–Si estáis in Manhattan, me será más fácil ver a Jared –puntualizó él–. Es lo más conveniente.

Claro. Quería estar cerca de su hijo, no de ella, pensó Sabine.

–¡Lo más conveniente para ti! –protestó ella, furiosa.

–Y para ti. Si hiciéramos lo que yo quiero, os mudaríais conmigo sin más. Eso es lo más barato, ya que tanto te preocupa lo que yo me gaste. Pero me pareció que preferías tener tu propio espacio.

Aunque estuviera portándose como una desagradecida, ella sabía bien cuáles eran las intenciones de Gavin. La presionaría sin descanso, hasta conseguir su propósito.

–Sé que te resulta un incordio conducir hasta aquí para ver a Jared. Y sé que tú y yo acabamos de...

–¿Tener sexo?

–Sí –admitió ella con un suspiro–. Pero eso no cambia nada entre nosotros. No vamos a mudarnos. Ni contigo, ni a ese piso del centro. Suena bien, pero es demasiado pronto. Cuando estemos preparados, quizá, podríamos buscar casa. Estoy segura de que el sitio que yo elija será mucho más barato.

–No me importa cuánto cuesten la felicidad y la seguridad de mi hijo.

A Sabine se le encogió el estómago. Debía alegrarse porque su padre estuviera dispuesto a pagar lo que fuera por el bienestar de Jared. Sin embargo, en parte, se sentía celosa. Gavin aprovechaba cualquier oportunidad para dejarle claro que todas las molestias que se estaba tomando eran solo por su hijo.

–Gracias. Aprecio que tengas tanto interés en proteger a nuestro pequeño –repuso ella, atragantándose con las palabras–. Deja que pasen unas semanas antes de que decida algo, ¿de acuerdo? Las cosas ya son bastante complicadas.

Gavin la miró un momento y asintió.

Sin embargo, aquello solo era posponer lo inevitable, adivinó Sabine.

Cuando Gavin llegó a la consulta del doctor Peterson a las diez de la mañana del lunes, Sabine ya estaba allí, leyendo una revista en la sala de espera.

–Hola –saludó ella.

Parecía nerviosa. Las cosas no volverían a ser lo mismo después de conocer los resultados, y ella lo sabía.

–¿Dónde está Jared?

–En la escuela, donde debe estar –contestó Sabine con gesto serio–. Lo siento, pero hoy tendrás que conformarte conmigo.

Gavin sabía que había estropeado las cosas la noche anterior. No por haberse acostado con ella, eso nunca podía ser una mala idea, sino por haberla presionado con el tema del piso. Había querido imponérselo con la excusa de estar cerca de su hijo. Aunque no se había atrevido a confesarle que también quería estar cerca de ella.

No había querido asustarla. Además, temía volver a apegarse a ella, aunque quizá eso fuera inevitable. Quería dormir con ella, cenar con ella, pasear juntos...

–No es ningún problema –aseguró él, y se sentó a su lado–. Tu compañía me resulta muy estimulante.

Cruzándose de brazos, Sabine dio un respingo.

–Bueno, a partir de ahora, te estimularás tú solito. Lo de anoche fue...

–¿Maravilloso? –interrumpió él.

–Un error.

–A veces, un error puede convertirse en un feliz accidente. Como Jared.

–Y otras veces es solo un error –puntualizó ella, afilando la mirada–. Como acostarte con tu ex cuando estás en medio de las negociaciones por la custodia.

Gavin asintió y se cruzó de brazos también.

–Supongo que no querrás cenar conmigo esta noche, entonces.

–Escucha, Gavin –comenzó a decir ella, meneando la cabeza–. Sé que te dije que quería que le dedicaras tiempo a Jared, pero no significa que tengas que verlo todos los días. Sé que tienes mucho trabajo. Solo me refería a que cumplieras tus promesas y te esforzaras por él.

Ella creía que lo único que lo motivaba era Jared, comprendió Gavin. Al parecer, él no le había dejado lo bastante claro la noche anterior lo mucho que la deseaba.

–¿Quién ha hablado de Jared? Te estaba invitando a cenar a ti sola. En algún sitio oscuro y tranquilo donde no haya menú infantil.

–Suena bien, pero Jared no es una mascota. No podemos meterlo en una jaula y salir sin él.

–Puedo buscar a alguien para que lo cuide.

Sabine titubeó. Quería aceptar, pero le preocupaba dejar a su hijo con un extraño, adivinó Gavin.

–¿Alguien? ¿Ni siquiera sabes con quién pretendes dejarlo?

–Claro que sí. Había pensado en mi secretaria, Marie. Tiene un nieto al que adora, pero no le ve mucho porque vive en Vermont. Esta mañana le he preguntado si le importaría cuidar a Jared. Está dispuesta a ir a tu casa, para que no tengas que trasladar al niño.

Sabine apretó los labios, pensativa.

–Estabas tan seguro de que cenaría contigo que ya has buscado niñera, antes de preguntarme si estaba de acuerdo.

¿Y si tuviera planes?

–¿Tienes planes?

–No –admitió ella, sin mirarlo–. Pero no se

trata de eso. Das demasiadas cosas por sentado. Crees que, porque tengamos un hijo juntos y anoche fuéramos demasiado lejos, yo...

—¡Brooks! —llamó la enfermera, abriendo la puerta de la sala de espera.

Sabine respiró, aliviada porque algo interrumpiera su conversación.

—Seguiremos hablando luego —advirtió él, mirándola a los ojos.

Ella asintió y se levantó. Juntos se digirieron a la consulta y se sentaron. El médico entró con unos papeles en la mano. Los leyó por encima un momento, meneando la cabeza.

Por primera vez, Gavin dudó. Jared se parecía a él, sí. ¿Pero y si no era hijo suyo? Sabine se había mostrado tan nerviosa en la sala de espera... No lo sabría seguro hasta que el médico no le diera los resultados.

—Bueno, tengo buenas noticias para usted, señor Brooks. Parece que es usted padre. Felicidades —dijo el médico, y le estrechó la mano.

—Gracias —repuso Gavin, aliviado.

—Aquí tienen una copia del informe para cada uno, para que se las den a sus abogados.

—Gracias —volvió a decir Gavin, guardándose el sobre en la chaqueta.

—Buena suerte a los dos —añadió el médico, se levantó y los acompañó a la salida.

—¿Qué me dices de la cena? No me has respondido —le preguntó Gavin cuando hubieron salido del edificio.

Ella lo miró sin mucho entusiasmo. Sus ojos no

mostraban alivio, sino una honda y triste preocupación.

–Esta noche, no. No estoy de humor.

–¿Qué pasa? –quiso saber él. Muchas mujeres saltarían de alegría por tener la prueba de que un multimillonario era el padre de su hijo, pensó. Pero ella, no–. Esto fue idea tuya –le recordó.

–Lo sé –dijo ella con un suspiro. Y sabía cuáles iban a ser los resultados. Lo que me preocupa es lo que sucederá a continuación. Temo que el niño que ha sido solo mío durante los últimos dos años se me escape de las manos. Sé que es egoísta por mi parte, pero no puedo evitarlo.

–Sabine, ¿qué puedo decir para convencerte de que no va a pasar nada malo?

A ella se le llenaron los ojos de lágrimas.

–No puedes decir nada. Las acciones valen más que las palabras.

–Te propongo algo. Le diré a Edmund que se ponga a trabajar en un borrador de la custodia para que lo revises. Cuando estés de acuerdo con todo, nos iremos a cenar, solos los dos, para celebrar que no se ha acabado el mundo y todo va a ir bien.

–Bueno –susurró ella, bajando la mirada.

–No hagas planes para el viernes por la noche –pidió él, lleno de seguridad en sí mismo–. Tengo la sensación de que compartiremos una cena íntima antes de que termine la semana.

\*\*\*

79

Sabine se acurrucó en el sofá mientras Jared y Gavin jugaban en el suelo del salón. Estaban montando un camión y un avión con piezas de construcción.

Ella sonrió al verlos juntos, aunque no estaba segura de si debería.

Gavin había hecho todo lo posible para tranquilizarla. Su abogado le había presentado un acuerdo de custodia muy razonable. Era un trato justo, lo cual la sorprendió. Gavin se llevaba a Jared los fines de semana alternos, quince días en verano, y se turnarían las vacaciones, pero el niño seguiría viviendo con su madre. A cambio, ella accedía a mudarse a Manhattan para hacer las cosas más fáciles para todos.

Además, era un acuerdo flexible, que les permitiría llegar acuerdos en fechas especiales, como los cumpleaños. A menos que Gavin la presionara, ella tenía la intención de dejarle ver a su hijo siempre que quisiera.

Esa noche, iban a contarle a Jared que Gavin era su padre. Era un gran momento para él.

–Oye, campeón –dijo Gavin.

–¿Qué? –replicó el niño, mirando a su padre.

–¿Sabes lo que es un papá?

–Sí –respondió el pequeño con tono jovial. Y comenzó a hablar animadamente en su idioma infantil. Le habló de un amigo suyo del cole, cuyo padre iba a buscarlo todos los días. Luego, señaló a Sabine–: Mami.

–Eso es –dijo Gavin con una sonrisa–. Y yo soy tu papá.

–¿Papá? –preguntó Jared, arrugando la nariz, y miró a su madre, como si esperara su confirmación.

–Sí, tesoro, es tu papá.

–¿Papá? –volvió a decir el niño, señalando a Gavin.

Cuando su padre asintió, el pequeño se lanzó a sus brazos como un torpedo.

–¡Papá!

Sabine contempló emocionada cómo Gavin lo apretaba contra su pecho. El poderoso hombre de negocios tenía lágrimas en los ojos. Había pasado muy poco tiempo, pero él se había enamorado por completo de Jared.

Y ella no pudo evitar sentir celos.

# *Capítulo Siete*

—¿Siempre tienes que salirte con la tuya?

Gavin estaba parado ante su puerta con un ramo de dalias moradas. Y sonreía.

—Son para ti. Me recuerdan a tu pelo.

Sabine se llevó las flores a la nariz e inspiró su aroma.

—Son muy bonitas, gracias.

—Igual que tú —contestó él. Y lo decía en serio. Estaba muy guapa esa noche. Llevaba un vestido blanco con flores bordadas de colores que se le ajustaba a la perfección a las curvas.

Sabine sonrió, arrugando un poco la nariz.

—Voy a ponerlas en agua y nos vamos.

Gavin asintió y entró. Era viernes por la noche y, como él había predicho, iban a salir a cenar. Todo había ido bien. Le habían puesto a Jared el apellido de Gavin y ambos habían firmado el acuerdo de custodia sin mayores incidentes.

Gavin miró a su alrededor, pero no vio a Jared ni a Marie por ninguna parte.

—¿Dónde están todos?

Entonces, oyó risas saliendo del baño. Sonrió con el sonido del agua salpicando, al imaginarse que Marie estaría empapada. La otra noche, después de que le hubieran dicho que Gavin era su padre, Jared había insistido en que él lo bañara antes de irse a dormir. Y se había empapado en el intento.

Aparte de eso, la noche había transcurrido con tranquilidad. Al parecer, los niños pequeños no le daban tanta importancia a las cosas como los mayores. Gavin era su papá. A Jared le había parecido estupendo y solo había querido seguir jugando.

–Marie está bañando a Jared. Creo que están divirtiéndose mucho con las pinturas de la bañera.

Gavin se resistió para no ir a ver al niño. Había logrado que Sabine aceptara su invitación y había contratado a Marie para que cuidara a su hijo. Si se despedía de él, las risas podían convertirse en lágrimas.

–¿Estás lista?

Cuando ella asintió, el pelo suelto le acarició los hombros.

–Ya me he despedido de Marie hace unos minutos, así que podemos irnos cuando quieras. Parece que lo tiene todo bajo control.

Como iban a salir solos los dos, Gavin se había decantado por el Aston Martin. Cuando le abrió la puerta del copiloto para que entrara, no pudo evitar fijarse en sus largas piernas y los zapatos rosas de tacón.

Tenían una reserva a las siete y media en uno de los restaurantes más exclusivos de Manhattan. La mayoría de la gente tenía que reservar con meses de antelación, pero él lo había logrado solo unos días antes. Siempre conseguía entrar donde quería, aunque para ello tuviera que darle una buena propina al maître.

Al llegar, los condujeron a una mesa íntima para dos. El chef era un joven con mucho talento, con una colección de premios de cocina en su haber. También era el dueño del local, que estaba decorado con mucho cristal, diseños geométricos y luces de colores.

Sobre la mesa, lucía una vela, dándole un toque romántico.

–¿Has estado alguna vez aquí?

–No, pero había oído hablar de este sitio. Mi jefa me contó que su marido la trajo aquí en su cumpleaños.

–¿Y le gustó?

–Me dijo que la comida era buena.

–Esta es la segunda vez que vengo –comentó él–. Tienen comida asiática y no es un sitio demasiado ostentoso. Pensé que eso te gustaría.

Sabine sonrió y bajó la vista.

–Sí. Es un alivio que no haya quince piezas de cubertería de plata.

Gavin sonrió mientras le echaba un vistazo a la carta.

Ella no era como la mayoría de las mujeres con las que había salido, ansiosas por ser vistas en los mejores restaurantes de la ciudad. Era feliz con comida china para llevar y le intimidaban los locales con demasiado lujo.

Aquel sitio era un buen término medio, por eso Gavin lo había elegido.

El camarero les llevó las bebidas, sake para él y

martini para ella. Luego, les tomó nota y desapareció.

–Me alegro de que te pareciera bien el acuerdo. Llevo toda la semana esperando este momento –señaló él con una seductora sonrisa. Esperaba que todo fuera bien y ella acabara en su cama esa noche. No había podido dejar de fantasear con volver a acariciarle el cuerpo desnudo–. Porque sobrevivamos a los terribles dos –brindó con la copa en la mano, refiriéndose a la etapa de los dos años de su hijo–. Y a todo lo que el futuro nos depare.

Sabine chocó con él su copa y bebió.

–Gracias por hacer que el acuerdo fuera fácil. No sabes cómo me había preocupado.

–¿Por qué estamos brindando? –preguntó una voz a sus espaldas.

Cuando ambos se giraron, vieron a una mujer rubia detrás de ellos. Vaya. Era Viola Collins. La mujer más cotilla de todo Manhattan que, para colmo, llevaba años persiguiendo a Gavin.

–Viola –saludó él, ignorando su pregunta–. ¿Cómo estás?

–Genial –repuso la otra mujer con una sonrisa forzada, y posó en Sabine su mirada escrutadora–. ¿A quién tenemos aquí?

Gavin miró a su acompañante con preocupación. No estaba seguro de cómo iba a reaccionar Sabine y temía que se sintiera intimidada. Sin embargo, ella se limitó a mirar a la intrusa a los ojos, sin encogerse.

–Viola Collins, esta es Sabine Hayes.

Las dos se estrecharon las manos, aunque no ocultaron su instantánea enemistad.

–¿Nos hemos visto antes? –quiso saber Viola.

–Lo dudo mucho –repuso Sabine.

–Puede ser. Sabine y yo salíamos hace años –intervino Gavin.

–Pensaba que las segundas partes nunca fueron buenas.

–Ah, pero es que yo soy una mujer con muchos encantos –alardeó Sabine en tono cortante.

–¿No me digas, querida? –replicó Viola con los ojos de par en par, sorprendida por su descaro. Luego, se volvió hacia Gavin–. Bueno, tendré que informar a Rosemary Goodwin de que no estás disponible. Por ahora –enfatizó–. Creo que está esperando que vuelvas a llamarla desde la última vez. Le diré que tenga paciencia.

–Si me disculpáis… –dijo Sabine, levantándose de la mesa. A propósito, hizo caer su vaso de Martini sobre el vestido color crema de Viola–. ¡Ay, lo siento! –exclamó, se agachó para recoger el vaso y lo puso en la mesa de nuevo–. Así está mejor.

Acto seguido, se dirigió a la salida del restaurante, mientras Viola maldecía y gemía por su vestido de seda estropeado.

Gavin se levantó también, dejó unos billetes sobre la mesa para pagar la cuenta y le dio otro puñado a Viola, para otro vestido.

–De todas maneras, no te sentaba bien.

***

Sin perder un momento, él salió del restaurante y vio a Sabine andando a toda prisa dos manzanas más abajo.

–¡Sabine! –gritó él–. Espera.

Ella ni siquiera se giró, así que tuvo que correr para alcanzarla.

–Debí haberlo anticipado –rugió ella, furiosa–. Si terminé nuestra relación en el pasado, fue por algo. Una de las razones es que todos los que te rodean son unos snobs.

–No todos –aseguró él, y la agarró con suavidad de la muñeca–. Ignora a Viola. Es demasiado egocéntrica.

–La última vez pasó lo mismo, Gavin –replicó ella, meneando la cabeza–. Tus amigos me ven solo como tu último entretenimiento. No encajo en tu mundo y nunca lo haré.

–Lo sé –admitió él–. Es una de las razones por la que me encantas.

Ella lo miró un instante, con un brillo fugaz de esperanza en los ojos.

–Deja de engañarte, Gavin. Tu mundo es el mismo que el de esa Viola o la tal Rosemary. Nosotros no tenemos nada que ver. Solo estás conmigo por Jared.

–Deja que te diga que, si quisiera estar con una mujer como Viola, lo haría. Pero no estoy interesado –indicó él, acercándose y tomándola entre sus brazos–. Me gustas tú. Tal como eres.

–Eso lo dices ahora, pero no has respondido a su pregunta.

–¿Qué pregunta?

–Viola preguntó por qué estábamos brindando. No quieres que nadie sepa que existe Jared, ¿verdad? ¿Te avergüenzas de él y de mí?

–¡En absoluto! Con gusto esparciría a los cuatro vientos la noticia. Pero todavía no se lo he contado a mi familia. Si Viola se enterara, pronto lo sabría todo el mundo. No quiero que mis padres lo sepan por ella –explicó él, rodeándola de la cintura–. Quiero contárselo mañana a mediodía. ¿Podrías traer a Jared para que lo conocieran? Quizá, a la hora de cenar estaría bien. Así, tendrán un poco de tiempo para hacerse a la idea.

–¿Por qué no vienes tú mismo a buscarlo? –propuso ella, sin mucho ánimo.

–Porque quiero que también estés tú. Sé que os habéis conocido antes, pero eso fue hace años. Ahora es diferente.

–¿Y qué les vas a decir, Gavin? ¿Que desde la última vez que me viste he tenido un hijo y te lo he estado ocultando? ¿Que ya lo has hablado conmigo y lo hemos solucionado? ¿Que no se fijen en el *piercing* que llevo en la nariz?

–Más o menos –respondió él con una sonrisa–. ¿Cómo lo has adivinado?

Roja de furia, Sabine le dio un puñetazo en el hombro con todas sus fuerzas. Sin embargo, lo único que logró fue hacer reír a Gavin, lo que la enfadó aún más.

–¡Hablo en serio, Gavin!

–Yo también –afirmó él. Quizá, en esa ocasión, fuera diferente. Aunque no pudieran estar juntos como pareja, siempre estarían unidos por Jared.

Ella y su hijo serían constantes en su vida y, por alguna razón, eso le gustaba. Igual que le gustaba besarla, pensó, levantándole la barbilla con la punta del dedo–. Y esto también es en serio.

Gavin la besó antes de que ella pudiera impedírselo. En el momento en que sus labios se encontraron, se sintió perdida por completo. Se derritió en sus brazos, olvidándose de toda la rabia y la frustración, y lo abrazó con desesperación.

Mientras, él le recorrió todo el cuerpo con las manos, haciéndola estremecer.

–Llévame a tu casa –rogó ella.

–Haré que el aparcacoches me traiga el coche.

En pocos minutos, estaban subiendo en el ascensor que llevaba al piso de Gavin. Era extraño volver al mismo lugar donde había roto con él hacía tres años.

Dentro de su casa, poco había cambiado. Los muebles elegantes, caros e incómodos adornaban el espacio, más pensado para ser admirado que utilizado. Por las ventanas de cuerpo entero del salón brillaban las vistas de Central Park.

–Todo sigue igual por aquí –comentó ella.

–He hecho algunos cambios –aseguró él y señaló a una esquina, donde había un montón de cajas sin abrir con juguetes para niños–. También voy a reformar uno de los dormitorios.

Gavin la condujo por el pasillo al antiguo cuarto de invitados. Había varias latas de pintura en el suelo.

–Me dijo que su color favorito era el rojo, así que iba a pintarlo de rojo –señaló él–. Voy a hacer que construyan un altillo con una escalera en esa parte –indicó–. Así podrá tener su propio refugio para jugar cuando sea mayor. Dentro de unos días, me van a traer una cama para niños, con un edredón y cortinas de Spiderman.

–Es maravilloso –dijo ella. Y muy caro, pensó–. Le va a encantar. ¿A qué niño no lo gustaría algo así?

Sabine no podía negarle a su hijo que disfrutara de todo lo que Gavin quisiera ofrecerle. Sin embargo, le resultaba duro admitir que ella no podía permitirse ninguna de esas cosas.

Salieron al pasillo de nuevo.

–No hemos terminado de cenar. ¿Quieres algo?

–Quizá, después. Es temprano todavía –repuso ella, se quitó las sandalias y se encaminó al dormitorio principal.

Apenas había andado unos pasos, cuando sintió el calor de Gavin a su espalda. Él le bajó la cremallera del vestido y se lo deslizó por los hombros, hasta que cayó al suelo.

Sabine siguió caminando al dormitorio, vestida solo con ropa interior de satén. La habitación no tenía la luz encendida, así que pudo acercarse a mirar por la ventana sin ser vista.

Oyó a Gavin cerrar la puerta tras ella y, al momento, percibió su aliento en el cuello. Él acercó su fuerte torso denudo a la espalda de ella, invadiéndola con su calidez. Luego, le apartó el pelo del hombro y comenzó a besarla, al mismo tiempo que le quitaba el sujetador.

Sabine se relajó contra su cuerpo, echó la cabeza hacia atrás y la apoyó en su hombro, dándole libre acceso al cuello. Cerró los ojos para concentrarse en la sensación de sus labios, lengua y dientes recorriéndole la piel. Él le sujetó ambos pechos en las manos, acariciándole los pezones hasta hacerle gemir de placer.

–Sabine –susurró él, mientras le mordía el lóbulo de la oreja–. No sabes cuántas ganas tenía de volverte a tener en mi cama –añadió, presionando su erección el trasero de ella con un grave gemido.

A Sabine se le endurecieron los pezones y se le aceleró el pulso. Nunca se había sentido tan sexy como con Gavin. Saber que podía excitar a un hombre tan poderoso era un maravilloso afrodisíaco.

Ella se dio la vuelta, le sonrió y se apartó lo necesario para mirar a su alrededor. En la penumbra, vislumbró la cama y se dirigió hacia allí. Giró la cabeza para comprobar que él tenía puestos los ojos en su trasero, cubierto solo con unas finas braguitas de satén.

–¿En esta cama? –preguntó ella, fingiendo ingenuidad.

–¿Qué intentas hacerme? –replicó él con los puños apretados. Estaba a punto de perder la compostura, invadido por el más fiero deseo.

Y eso era lo que Sabine quería, lograr que él se entregara, que se perdiera en ella.

Conteniendo la respiración, Gavin observó cómo se ponía de rodillas en el colchón y comenzaba a bajarse, muy despacio, las braguitas, mordiéndose el labio. La mirada de él se posó en sus labios carnosos, en sus pechos turgentes, en su ropa interior. Cuando asomaron los rizos morenos del pubis, él tragó saliva y, sin dejar de mirarla, se desabrochó el cinturón.

Al instante, los dos estuvieron desnudos. Ella estaba preparada para recibir toda su pasión.

Con una sonrisa maliciosa, le hizo una seña con el dedo para que se acercara. Sin titubear, él obedeció y se tumbó encima de ella en el colchón.

Y, sin esperar un momento, la penetró, haciéndola gritar de placer.

—Sí —susurró Gavin—. Esta noche puedes gritar todo lo que quieras —añadió, hundiéndose otra vez en su interior—. Quiero que hagas que los guardias de seguridad del hotel vengan a llamar a la puerta.

Sabine rio y lo rodeó con las piernas por las caderas. Sus gritos de éxtasis retumbaron en las paredes de la habitación. Si él quería que gritara, con mucho gusto lo complacería.

# *Capítulo Ocho*

Sabine llamó al timbre con el codo, luchando por sujetar a su hijo, que se revolvía furioso en sus brazos. No podía culparlo pues, para ir a visitar a sus abuelos, lo había vestido con sus mejores galas, unos pantalones de vestir, camisa de manga larga y una pequeña pajarita. Adrienne se lo había comprado y le quedaba muy bien, cuando no estaba intentando arrancarse la ropa, claro. Un niño de dos años prefería llevar pantalones de chándal y camisetas con dibujos de superhéroes.

Su madre lo dejó en el suelo y se acuclilló ante él para colocarle las ropas.

—Mira, cariño, sé que esto no te gusta, pero necesito que hoy te portes bien. Vas a ver a tu papá y conocerás a unas personas muy amables que tienen muchas ganas de verte.

—No quiero —repuso el niño con un puchero—. Quiero mi camión.

—Tengo el camión en el bolso. Te lo daré después. Si te portas bien, te compraré un helado cuando salgamos, ¿de acuerdo?

El pequeño la miró, considerando la oferta. Antes de que pudiera responder, la puerta se abrió.

—Hola, Jared —saludó Gavin con el rostro iluminado por ver a su hijo. Se agachó y le tendió los brazos.

De inmediato, el niño dejó de hacer pucheros y corrió hacia él. Gavin lo levantó del suelo y le dio unas cuantas vueltas en el aire, haciéndole reír.

Sabine sonrió, colocándose en pelo, nerviosa. Se lo había recogido en un moño en la nuca, para disimular un poco las mechas violetas. Adrienne le había prestado uno de sus diseños, una preciosa blusa de seda roja. Lo había combinado con unos pantalones negros y un cinturón de cuero.

Respirando hondo, trató de calmar los latidos de su corazón. Iba a ver de nuevo a los padres de Gavin, en esa ocasión, como madre de su nieto. La última vez, habían sido amables pero distantes. Era obvio que no habían sentido la necesidad de esforzarse mucho con la última conquista de su hijo.

No sabía cómo iba a salir. Lo más probable era que la odiaran por haberles ocultado a Jared. Tal vez, la despreciarían como Viola había hecho, aunque no podría tirarles una bebida encima y salir corriendo.

—¿Cómo ha ido? —le preguntó Sabine.

—Creo que bien. Ha sido toda una sorpresa. Pero hemos hablado mucho y han tenido algo de tiempo para digerirlo. Ahora creo que están emocionados por ver a su primer nieto.

Era demasiado pronto para que Sabine cantara victoria. Antes de que pudiera decir nada más, oyó una voz femenina que salía de la casa.

—¿Ya han llegado? ¡Cielos! ¡Míralo!

Una mujer joven apareció detrás de Gavin. Tenía el pelo largo y moreno y los ojos de color gris acero. Debía de ser Diana, la hermana de Gavin.

Gavin ocultó el rostro en el pecho de su padre con timidez. Sonaron más voces y pasos acercándose. En un momento, varias personas rodearon a Jared.

–¡Es igual que tú!

–¡Qué niño tan guapo!

Sabine se quedó en un segundo plano, en la entrada, contemplando la escena. Nunca había dudado que la familia de Gavin aceptaría a Jared. Era su esperado heredero. Quién fuera su madre era otro cantar.

Diana fue la primera en posar los ojos en ella. Acercándose como un tornado, la envolvió en un abrazo que Sabine no se esperaba.

–Me alegro mucho de conocerte por fin –aseguró Diana.

–¿Por fin? –preguntó Sabine con incertidumbre, apartándose lo antes que pudo de su abrazo.

Diane sonrió con gesto conspirador.

–Gavin no dejaba de hablar de ti hacía años. Nunca antes me había hablado de ninguna mujer. Cuando lo vuestro terminó, me dio mucha pena, y cuando me llamó hoy para invitarme a conocer a su hijo, me alegré mucho de que tú fueras la madre –explicó con una amplia sonrisa–. Creo que es cosa del destino.

Tirándole de la mano, Diane guio a Sabine hacia dentro de la casa de Byron y Celia Brooks.

Era una mansión con una gran escalera de mármol, lámpara de araña dorada y altos techos. A cada lado de la entrada, había colocados dos hermosos jarrones con flores frescas.

–Ya conocéis a Sabine Hayes. Es la madre de Jared.

A Sabine se le contrajo el pecho cuando los padres de Gavin y su hermano Alan la miraron. Intentó sonreír, aunque le costaba ocultar el pánico.

Celia Brooks fue la primera en acercarse. Tenía el mismo porte elegante y sofisticado que Sabine había admirado cuando se había encontrado con ella en un restaurante por accidente hacía años. Llevaba el pelo castaño recogido en un moño y un vestido de seda, combinado con un collar de perlas y diamantes como pendientes. La mujer mayor posó los ojos en ella y sonrió.

–Me alegro de volver a verte, Sabine.

–Lo mismo digo –repuso ella, estrechándole la mano. En sus ojos, percibió un brillo de calidez que la tomó por sorpresa.

–Por favor, entra. ¿Recuerdas a mi marido, Byron? Y este es mi otro hijo, Alan.

Sabine los saludó, impresionada por lo mucho que se parecían todos los hombres de la familia. Tenían cabello moreno y espeso, ojos color chocolate y complexión fuerte. Sin duda, ese era el aspecto que Jared tendría a su edad.

–Nora ha dispuesto el aperitivo en el salón –indicó Celia, invitándolos a seguirla.

Cuanto más se adentraba en su casa, más nerviosa estaba Sabine. Todo lo que veía daba la sensación de ser extremadamente frágil y caro.

–No lo dejes en el suelo –le susurró Sabine a Gavin, mirando a su pequeño travieso.

–¿Tienes idea de cuántas cosas hemos roto mis hermanos y yo a lo largo de los años? –replicó él, riendo–. Te aseguro que las cosas importantes no están accesibles.

–Ah, sí –recalcó Celia–. No te preocupes por nada. Hace mucho que no hay un niño en la casa y tendremos que acostumbrarnos de nuevo, ¿verdad? –señaló y miró a Jared entusiasmada–. Un nieto. Qué sorpresa tan inesperada y maravillosa.

Sabine no supo qué decir. Tampoco se atrevía a confiarse demasiado. Sin embargo, a medida que avanzaba la velada, todos seguían siendo amables con ella. Le hicieron preguntas sobre su vida con genuino interés. Jared corrió por todas partes sin romper nada. Y Byron Brooks, el gran multimillonario, se sentó en el suelo para jugar con el camión de su nieto.

Se había estado preocupando sin motivo, se dijo Sabine. Había esperado que la odiaran, que no la aceptaran. Pero, sin querer, acabó encontrándose como en casa con aquella familia. Eran educados y cultos, pero no fríos, ni groseros, como Viola. Para nada había contado ella con algo así.

Había temido que la juzgaran basándose en sus prejuicios y, sin embargo, había sido ella quien lo había hecho a la inversa. Además, lo que Gavin le había contado de sus padres distantes y demasiado centrados en el trabajo había alimentado sus miedos.

Pero se había equivocado y estaba furiosa consigo misma por ello. La gente como Viola le había hecho creer que nunca podría compartir su vida con Gavin, que no encajaba en su mundo. Dejándose llevar por sus miedos, había apartado de su lado al único hombre que había amado y le había ocultado a su hijo, pensando que su relación había sido imposible.

Se había equivocado. Al menos, en parte. Quizá, nunca podrían volver a ser pareja. Aunque podían ser una familia.

Había perdido demasiado tiempo teniendo miedo, reconoció ella para sus adentros.


—No tienes por qué invitarme a cenar, Gavin.

—Cuando no consigo algo a la primera, sigo intentándolo —repuso él con una sonrisa, mientras salían del coche delante de un restaurante.

—Lo conseguiste la última vez —señaló ella, rodeándolo con sus brazos—. Recuerdo esa noche con mucho detalle.

—¿Ah, sí? —le susurró él al oído—. Me alegro. Pero no llegamos a cenar.

—A mí no me importó —aseguró ella con una sonrisa llena de picardía—. Podríamos hacer lo mismo hoy, si quieres.

Sonriendo, Gavin le acarició la espalda por encima del sedoso vestido.

—Bueno, es muy tentador, pero no puede ser. He traído refuerzos para asegurarme de que esta cena sea un éxito. No podemos dejar plantados a nuestros invitados.

–¿Invitados? –preguntó ella, frunciendo el ceño.

–¡Sabine!

Cuando se giró, Sabine se encontró con Adrienne y Will.

–¿Qué estáis haciendo aquí?

Adrienne la abrazó, sonriente.

–Gavin nos ha invitado a cenar con vosotros. ¿No te lo ha dicho?

–No –negó Sabine, mirando a su acompañante–. ¿Cómo has sabido dónde encontrarlos?

–Gavin y yo nos conocemos desde hace años –contestó Will–. De vez en cuando, jugamos al tenis juntos.

Sabine meneó la cabeza.

–¿Es que todos los hombre jóvenes y ricos se conocen? ¿Hay una especie de club, o algo así, donde os reunís?

–Sí, tenemos un grupo de apoyo, se llama Ricos y Famosos Anónimos –bromeó Gavin con una sonrisa–. Entremos. Tenemos mesa reservada.

Les esperaba una mesa para cuatro junto a la ventana.

Gavin conocía a Will desde hacía años, pero hasta hacía poco no había caído en la cuenta de que su esposa era la misma Adrienne para quien Sabine trabajaba. Había pensado que sería agradable cenar los cuatro juntos. Ni siquiera alguien como Viola se atrevería a molestarlos. Sería una noche divertida, con gente con la que Sabine se sentía cómoda.

Además, Gavin había tenido curiosidad por conocer a Adrienne en persona. Había leído algo sobre ella en el periódico hacía unos años, sobre su accidente de avión y el escándalo que había provocado. Había perdido la memoria durante semanas y su prometido había muerto en el siniestro. La dramática historia, al menos, le había servido para hacerse famosa y lanzar su línea de diseño. En la actualidad, su boutique era una de las más populares de Manhattan.

El camarero llegó para preguntarles qué iban a beber.

–¿Alguien quiere vino?

–Yo, no –dijo Adrienne.

–Podemos pedir algo más dulce. Sé que te gusta el moscatel, ¿no es así? –propuso Sabine.

–Sí –afirmó Adrienne con una sonrisa–. Pero no podré beber alcohol durante los próximos ocho meses.

Dando un grito de entusiasmo, Sabine se levantó de un salto para abrazar a su jefa. Mientras las dos mujeres hablaban a toda velocidad, Gavin pidió agua con gas para Adrienne y vino para los demás.

–Felicidades, papá –le dijo Gavin a Will.

–Lo mismo digo –repuso el otro hombre, riendo–. Parece que es algo que está en el aire.

–Sí, aunque mi hijo ha sido toda una sorpresa, pues lo he conocido cuando ya andaba y hablaba.

–Ya. Te has perdido los vómitos mañaneros, los cambios de humor del embarazo, las clases de preparación al parto, y, después del nacimiento, los despertares en medio de la noche, los cólicos…

Gavin meneó la cabeza.

–Hubiera aguantado todo eso y mucho más con tal de no perderme el resto. Tampoco pude estar presente cuando Sabine oyó el latido de su corazón por primera vez, ni cuando vio su imagen en la primera ecografía. Me he perdido su nacimiento, sus primeros pasos, sus primeras palabras... Disfruta de cada instante de esta experiencia con Adrienne. Cuando te quieras dar cuenta, tu hijo ya estará en el instituto.

Aunque todo lo que había dicho era cierto, Gavin no se permitía a sí mismo darle muchas vueltas a todo lo que se había perdido. Prefería concentrarse en lo que tenía por delante. Si se perdía algo de su hijo a partir de ese momento, la culpa sería solo suya. Y no quería arrepentirse por nada más.

Cuando el camarero trajo el vino, Gavin le dio un largo trago a su copa.

–Lo siento. No es momento para hablar de estas cosas.

–No te preocupes –le tranquilizó Will–. Tienes razón. El tiempo pasa muy deprisa. Sobre todo, para tipos como nosotros. Las prioridades cambian cuando te enamoras y, más aun, cuando los niños entran en escena. Lo tendré en cuenta cuando mi mujer me mande a comprarle frambuesas con salsa de coco en medio de la noche.

–Gavin va a llevarnos a ver casas en mi día libre –le estaba diciendo Sabine a su amiga.

–Hay un piso en venta en la misma calle que vivimos nosotros –informó Adrienne–. Es el segundo piso de una mansión reformada. Solo tiene tres plantas.

–Creo que prefiero que viva en un edificio moderno con cámaras de seguridad y guardas nocturnos –señaló Gavin.

–El apartamento donde vivo ahora no tiene cámaras de seguridad.

–Ya, pero si sigues negándote a vivir conmigo, quiero que estés en algún sitio seguro, donde ningún extraño pueda presentarse en tu casa sin avisar. Esta ciudad puede ser peligrosa, y quiero que Jared y tú estéis protegidos.

–Está bien –aceptó Sabine, encogiéndose hombros e intercambiando una mirada con su amiga.

Cuando les trajeron lo que habían pedido, continuaron charlando animadamente durante la velada. En un momento dado, Gavin pensó que era la ocasión para sacar un tema que le interesaba mucho. No se había atrevido a hablarle de ello a Sabine todavía, pero con Will y Adrienne delante, igual, le resultaría más fácil.

–Entonces, ¿vais a tomaros unas vacaciones románticas antes de que nazca el bebé?

–No es mala idea –contestó Will, mirando a su esposa–. No lo habíamos pensado. No será fácil viajar con niños. Creo que deberíamos hacer algo, cariño –le dijo a Adrienne–. Vayamos a algún sitio glamuroso y de adultos para celebrarlo. Me temo que en un futuro próximo solo podremos ir a Disneylandia.

–Es muy buena idea –opinó Sabine–. Desde que nació Jared, las únicas vacaciones que he podido tomarme han sido a vuestra casa de la playa en Hamptons este verano. Deberíais tomaros tiempo para vosotros. Ya tienes casi todo preparado para el desfile de primavera –le recordó a su amiga–. Podríais iros después.

Gavin sonrió. Eso era exactamente lo que quería escuchar.

–¿Solo te has ido de vacaciones una vez en dos años?

–En realidad, en más tiempo –admitió Sabine–. Desde que nació Jared, no he tenido tiempo. Y antes de que naciera, no tenía dinero. Adrienne tuvo que convencerme para que fuera a visitarlos este verano. Antes de eso, la última vez que me fui de vacaciones fue a Disney World con el instituto.

–Eso no cuenta –señaló Will.

–Es verdad –añadió Adrienne, mirando a Sabine–. Necesitas irte de vacaciones tanto como yo. Quizá, más. Menos mal que te hice venir a la casa de la playa. No tenía idea de la mucha falta que te hacía.

–Prefiero acumular mis días de vacaciones para cuando Jared se pone malo. Además, si me fuera, no tendría a nadie para cuidarlo. No me atrevería a pedirle a Tina que se ocupara de él más de un día seguido.

–No sería necesario –indicó Gavin.

–¿Te estás ofreciendo a cuidar de Jared mientras me voy de vacaciones? –preguntó ella con una sonrisa.

–No exactamente.

# Capítulo Nueve

–Es bonita –comentó Sabine sin mucho convencimiento, quizá, solo para no ser grosera con la enviada de la inmobiliaria.

Era la séptima casa que veían ese día. Se habían recorrido Manhattan de arriba abajo.

Pero estaba claro que a Sabine le gustaba más la zona de West Village. Aquel piso, en medio del centro, tenía tres espaciosos dormitorios, una cocina grande, un balcón y una bañera de hidromasaje en el baño principal. Y lo mejor era que estaba muy cerca de casa de Gavin.

–Creo que esta no te gusta –adivinó él–. Dejémoslo por hoy. Jared está cansado –añadió, contemplando a su pequeño dormido en la sillita.

–Me gusta la que hemos visto en Village. Solo quería compararla con otras opciones antes de decidirme –afirmó ella.

La agente inmobiliaria cerró su tarjeta con un suspiro.

–Seguiré buscando y os llamaré la semana que viene para ver más. Lo que me temo es que, si no hacéis una oferta pronto, alguien se adelante y compre el piso del Village.

–Hay dos millones de pisos en Manhattan –dijo

Gavin, negándose a dejarse presionar–. Encontraremos otro si es necesario.

Una vez fuera, cuando se quedaron a solas, comenzaron a caminar calle abajo. Los ruidos del tráfico despertaron al niño justo cuando habían llegado al parque Bryant.

–¿Podemos montar a Jared en la noria? Le encanta.

–Claro que sí.

Después de dar una vuelta en la noria, se sentaron en un parque para disfrutar de la tarde. Gavin se fue a comprar bebidas y, cuando regresó, su hijo estaba jugando con otro niño que llevaba un bote de hacer burbujas de jabón.

–Tengo una sorpresa para ti.

Gavin no pudo evitar sonreír al ver la mezcla de intriga y preocupación que se le dibujó en el rostro a Sabine al escucharlo. Le gustaba despertar su curiosidad. Ella odiaba no saber lo que pasaba, lo que lo animaba todavía más a sorprenderla.

–¿De verdad? –replicó ella, y apartó la mirada para volver a posar los ojos en Jared, fingiendo desinterés.

Habían pasado un par de días desde que Jared y Sabine habían conocido a la familia de Gavin. Las cosas parecían ir sobre ruedas. Edmund le había informado de que los papeles de la custodia estarían listos pronto. Por otra parte, su equipo legal estaba trabajando en la fusión con Exclusivity Jetliners y el trato estaría cerrado la semana siguiente. El hijo de Roger Simpson había dejado de protestar y todo estaba saliendo a pedir de boca.

Por eso, Gavin quería celebrarlo de la mejor manera que sabía: dándose una vuelta en avión para pasar un fin de semana de lujo en la playa. Por primera vez en su vida, quería compartir la experiencia con alguien más. Quería tener a Sabine a su lado mientras surcaba las nubes y enterraba los pies en la arena. Solo tenía que convencerla, esa era la parte más difícil de su plan. El resto, reservarse uno de los aviones de la flota de Exclusivity Jetliners y un bungalow en primera línea de playa en las Bermudas, era pan comido.

—Cuando vuelvas a casa esta noche, quiero que hagas las maletas para irnos de fin de semana.

Sabine lo miró de golpe, frunciendo el ceño.

—Tengo que trabajar este fin de semana. Ya me he tomado demasiado tiempo libre. No puedo ir a ninguna parte.

—Sí que puedes —repuso él con una amplia sonrisa. ¿Acaso creía que iba a hacer una propuesta así sin haber solucionado cada detalle? Si podía ocuparse de dirigir un imperio internacional, entonces, también podía lograr llevarse a Sabine de fin de semana—. La encantadora Adrienne y yo hemos hablado de mis planes mientras tú estabas en el baño. Le pareció una gran idea. Dice que puedes tomarte tres días libres. Me pidió que te dijera que te divirtieras y no te preocuparas por nada.

Las mejillas de Sabine se pusieron rojas de rabia al instante, mientras el ceño se le fruncía todavía más.

—¿Cómo? ¿Te has atrevido a hablar con mi jefa y hacer los preparativos sin contar conmigo? ¿En serio? Gavin, no puedes tomar decisiones como esta sin tenerme en cuenta.

–Relájate –replicó él, acariciándole el hombro para calmarla.

–No pretendo dirigir tu vida. Solo quiero ofrecerte unas vacaciones sorpresa. No te habrías decidido a aceptar si no te lo hubiera dado todo preparado –insistió él.

Ella se había puesto una camisa verde sin mangas que combinaba con el color de sus ojos. A Gavin le quemaron los dedos al tocarla y notó cómo volvía a despertársele el deseo. No había hecho el amor con ella desde que habían ido a su piso. Quizá ella tuviera sus reservas, pero él estaba decidido a llevarla un paraíso tropical donde hacerle el amor durante horas sin interrupción.

Sabine suspiró y se volvió de nuevo hacia Jared.

–¿Qué pasa con él? No has dicho que vaya a venir con nosotros.

Gavin ya se había ocupado de todo.

–Mis padres se han ofrecido a cuidarlo el fin de semana. Están emocionados.

Sabine apretó los labios, sin poder evitar preocuparse.

–¿Tus padres? ¿Los mismos que te dejaban con las niñeras y te prohibían ensuciarte o gritar? No creo que sea buena idea, la verdad.

Gavin se encogió de hombros. ¿Qué era lo peor que podía pasar? Sus padres tenían todos los recursos del mundo. Podían ocuparse de cualquier contingencia, aunque eso significara contratar a alguien para que los ayudara el fin de semana.

–Creo que todo saldrá bien. Esto es diferente. La gente dice que los abuelos no siguen las mismas normas que observaban con sus propios hijos. Cuando yo era pequeño, estaban muy ocupados con su trabajo. Ahora, tienen tiempo de sobra, mucho dinero y dos años de tiempo perdido por recuperar. Lo peor que puede pasar es que, cuando volvamos, nos encontremos con un niño consentido y malcriado.

Sabine rio con suavidad, mientras contemplaba cómo su hijo se lo pasaba en grande persiguiendo pompas de jabón con el otro niño.

Era una madre excelente, pensó él. Se preocupaba por su hijo cada segundo del día, y así lo había hecho durante dos años sola. Estaba bien que fuera protectora con Jared, pero necesitaba tomarse un respiro. Un viaje de fin de semana no le haría daño a nadie. Al contrario, lo más probable era que volviera a casa con más fuerzas y que fuera mejor madre todavía.

–Si sirve de ayuda, Nora, el ama de llaves, solía ser niñera. Se le dan muy bien los niños –indicó Gavin–. Si mis padres necesitan refuerzos, ella los ayudará. Nada va a salir mal. Te mereces un poco de tiempo para relajarte.

–No lo sé, Gavin. Cuando te lo llevaste al circo, me volví loca de preocupación. Esa fue la primera vez que ha ido a algún sitio sin mí, a excepción de la guardería. Además, ¿por qué quieres llevarme de viaje? ¿Adónde quieres ir?

–Solo será un corto trayecto en avión.

–¿Avión?

–Solo es un vuelo de dos horas. Si fuéramos en coche a Hamptons, tardaríamos lo mismo –aseguró él, tomándola de la mano–. Por favor, deja que haga esto por ti. No solo te lo vas a pasar de maravilla, sino que también tendré la oportunidad de compartir contigo mi mayor pasión, igual que tú compartiste conmigo tu pintura hace años.

Cuando la miró a los ojos, él notó que sus resistencias comenzaban a desvanecerse.

–¿Vas a pilotar tú el avión?

Sonriendo, Gavin asintió.

–Roger va a prestarme uno de sus jets para el viaje. Me muero por pilotar uno y quiero que estés allí a mi lado cuando lo haga. Eso hará que la experiencia sea mucho más especial.

Le encantaba volar. Navegar por el aire era la sensación más maravillosa que había vivido. No era lo mismo ir de pasajero que ir al timón. Lo único que podía mejorar todavía más la experiencia era compartirla con ella. Por alguna razón, la idea de tenerla sentada a su lado en la cabina de mandos le llenaba de emoción.

Al fin, Sabine sonrió. Gavin había ganado. Entusiasmado, tuvo deseos de inclinarse y besarla hasta hacerla enrojecer de nuevo, aunque de pasión y no de rabia. Sin embargo, tendría que esperar. Quería verla en traje de baño, con la piel reluciente bajo el sol. No podía esperar a sentir el contacto del biquini en la piel mientras la sostuviera en sus brazos dentro del mar. Ambos necesitaban tomarse esas vacaciones por un millón de razones distintas.

–Supongo que no vas a contarme adónde vamos.

–No –dijo él con una sonrisa.

–Entonces, ¿cómo voy a saber qué meter en la maleta?

–Ropa para pasar los días en una playa calurosa y las noches con la brisa fresca del océano. Echa un par de cosas en la maleta y déjame el resto a mí.


A Sabine no le gustaba demasiado volar, aunque no pensaba confesárselo a Gavin. Para él, volar era su gran pasión, igual que la pintura lo era para ella. Por eso, hizo la maleta y rezó porque todo fuera bien.

–Pareces asustada –comentó él, mientras cerraba la puerta de la cabina y se sentaba a su lado.

–¿Yo? –preguntó ella con una risita nerviosa–. Nunca –mintió. Al menos, se había puesto unas amplias gafas de sol. Así, él no se daría cuenta de que iba a llevar los ojos cerrados durante todo el viaje.

El principio no fue tan malo. Gavin llevaba puestos los auriculares y le había dado otros a ella, para que pudiera escuchar lo que decían los controladores aéreos. La torre de control les dio pista libre para despegar.

–Allá vamos –dijo él con una sonrisa traviesa, la misma que exhibía Jared cuando creía que se estaba saliendo con la suya.

Cuando él pulsó el acelerador, el avión tomó

fuerza en la pista de despegue. Sabine cerró los ojos y respiró hondo. Notó cómo el aparato se elevaba hacia el cielo, pero no abrió los ojos.

–¿No es genial? –preguntó Gavin tras unos minutos.

–Oh, sí –repuso ella, apretando los párpados.

–Sabine, abre los ojos. ¿Tienes miedo a volar?

–No. Tengo miedo a tener un accidente –contestó ella, mirándolo–. Ya sabes que mi jefa sobrevivió a un terrible siniestro aéreo hace unos años, ¿verdad? Cuando conoces a alguien a quien le ha pasado, se convierte en una posibilidad más real.

Entonces, Sabine miró por la ventana y vio el océano a su alrededor. Él no le había contado que iban a sobrevolar el mar. Tragó saliva. Tenía que mantener la compostura. No le quedaba más remedio.

–No vamos a chocarnos.

–Nadie lo planea nunca.

–Respira y disfruta de la libertad de surcar el cielo como un pájaro –le recomendó él–. Aquí arriba, estamos por encima de todo y de todos.

Sabine volvió a echar una ojeada al océano y decidió que sería mejor centrar su atención en Gavin. Aquel serio hombre de negocios sonreía de oreja a oreja como un niño con su primera bicicleta. Sujetaba los controles como un profesional, mientras introducía las coordenadas rumbo a… alguna parte.

Sabine había visto a Gavin contento, triste, enfadado. Había visto su rostro contraído en el clímax del orgasmo o ausente cuando estaba sumido en sus pensamientos. Pero jamás lo había visto disfrutar de algo con tanta felicidad. Le sentaba bien volar. Podía haberse alistado a las fuerzas aéreas. Quizá, no habría llegado a ser tan rico, pero sí más feliz. A veces, era necesario tomar elecciones difíciles para perseguir un sueño. Ella había dejado a toda su familia atrás para seguir el suyo y rara vez lo lamentaba.

Dos horas después, Gavin volvió a hablar por los auriculares y recibieron permiso para aterrizar, aunque ella no podía ver más que mar a su alrededor. Despacio, el avión fue bajando en altitud. El océano se volvió de color azul turquesa y unas verdes islas aparecieron bajo las nubes. Sabine cerró los ojos en el aterrizaje, que fue suave y rápido.

El avión se deslizó por la pista, hasta que pasaron por delante de una señal que anunciaba dónde estaban.

«Bienvenidos a Bermudas».

¡Bermudas!

En el hangar, les indicaron dónde dejar el avión. Gavin apagó los motores. Abrieron las puertas y extendieron las escalerillas. Ella se alegró de poder pisar tierra de nuevo.

Gavin ordenó a un par de hombres que descargaran el equipaje y lo llevaran al coche negro que los esperaba fuera. El conductor los llevó después por estrechas calles hasta un camino de arena y grava que desaparecía entre la espesura de un bosque.

El mundo parecía ir desvaneciéndose tras ellos hasta que, por fin, llegaron a una casa de dos plantas en la playa. Era de color amarillo con tejado blanco y blancas contraventanas.

El conductor llevó sus maletas dentro y las dejó en el dormitorio principal. Sabine lo siguió, admirando cada detalle de la casa. Estaba decorada con un estilo playero, con colores brillantes y mucha luz. En el salón, unas puertas correderas daban a una terraza que llegaba hasta la orilla.

Sabine se apoyó en la barandilla y miró a su alrededor. No veía ninguna casa por allí cerca. No había más que palmeras, roca volcánica, agua azul y arena rosada. Una inmensa playa se abría ante ellos.

—Esta arena es rosa —dijo ella cuando Gavin se acercó a su lado.

—Pensé que te gustaría —comentó él, rodeándola por la cintura.

Con un suspiro, ella se apoyó en su pecho. Entre sus brazos, era fácil relajarse. Y él había tenido razón. Necesitaba unas vacaciones.

—No sabía que existiera algo así. Es hermosa —afirmó ella—. ¿Qué es eso? —preguntó, señalando a unas piedras que brillaban en la arena—. ¿Conchas?

—Cristal de mar. Algunas playas de por aquí están llenas.

Sabine quiso adentrarse en la playa para recoger un poco y llevárselo a casa. Quizá podría utilizarlo en sus cuadros. No había pintado nada todavía, pero se había permitido a sí misma volver a pensar en ello. Las ideas comenzaban a formarse en su cabeza, esperando el momento de ser plasmadas en el lienzo. El cristal de mar podía encajar muy bien en su primera obra.

–Este lugar es increíble. Quiero pintarlo.

–Bien. Quiero que pintes. Hasta me he traído material para que lo hagas –le susurró él al oído.

Sabine se giró para mirarlo.

–No me he fijado en que hubiera lienzos.

–Eso es porque son pinturas corporales. Yo seré tu lienzo –indicó él con una sonrisa.

–Ooooh –dijo ella, mientras un sinfín de posibilidades le asaltaba la mente. Podía ser muy divertido–. ¿Cuándo puedo comenzar mi obra de arte?

Gavin la besó con pasión, llenándola de deseo. Le acarició por debajo de la blusa con la mano.

–Ahora mismo –contestó él, y la tomó de la mano para guiarla dentro.

En el dormitorio, estaba abierto su equipaje sobre la cómoda. Sabine tomó una cajita rosa y la observó con curiosidad.

–No sabía que fuera comestible.

–No sabía si ibas a estar de acuerdo en destruir tu propia creación.

Sabine sacó un bote de pintura roja con sabor a fresa con una sonrisa llena de picardía.

–Teniendo en cuenta que la destruiré con la lengua, puede ser divertido.

Ella se dirigió hacia la cama, haciendo que él retrocediera hasta tocar el colchón. A continuación, dejó las pinturas para ayudarlo a desvestirse, hasta que quedó desnudo sobre el colchón.

No había nada más inspirador que tener aquel fuerte cuerpo a su disposición. Con los brazos cruzados bajo la cabeza, el pecho musculoso y sus apetitosos abdominales, Gavin la esperaba sonriente.

Sabine se colocó a su lado sobre la cama, colocó las pinturas y sacó el pincel. No era un equipo de primera calidad, pero tampoco sería una obra pintada para ser colgada en el Louvre.

Tras pensar un momento, sumergió el pincel en la pintura color arándano y comenzó darle pinceladas alrededor del ombligo. Acto seguido, añadió un poco de pintura color fresa. Luego, verde melón y morado uva. Se perdió en su arte, mezclando colores sobre la piel de su amante hasta hacerlo parecer la versión comestible de un Kandinsky.

Casi una hora después, ella se sentó sobre los talones para admirar su trabajo. Le gustaba. Casi era una pena que no fuera a durar más allá de la próxima ducha.

–Me gusta verte pintar.

Sabine lo miró a los ojos. Su cara era una de las pocas partes del cuerpo que no parecía un fragmento de arcoíris.

–Tus ojos brillan con intensidad. Y eso es muy sexy –añadió él y se incorporó para admirar su cuerpo–. Puedo decir con sin miedo a equivocarme que es el mejor cuadro abstracto creado jamás con pintura corporal comestible. Y el único que huele a cereales para el desayuno con frutas de la pasión.

Sabine le posó una mota de púrpura en los labios y se inclinó para lamerla. Despacio, le deslizó

115

la lengua por los labios, sin dejar de mirarlo a los ojos.

–Muy rico.

Gavin la agarró de la nuca para besarla con pasión.

–Sí, muy rico.

Con una sonrisa, ella lo empujó sobre el colchón.

–Ha sido divertido. Es hora de limpiar –anunció Sabine, y comenzó con su pecho, pasándole la lengua por los pezones. Bajó hacia el esternón y la línea central del estómago. Al levantar la vista, descubrió que él la observaba con atención.

–Te dije que me gustaba verte trabajar –señaló él con una sonrisa.

Cuando Sabine siguió bajando hasta su pronunciada erección, la sonrisa de él se desvaneció. Metiéndosela en la boca, ella se dedicó a fondo a quitarle hasta la última gota de pintura, mientras él se agarraba a las sábanas gimiendo de placer.

–Sabine –susurró él. Sujetándola de la muñeca, tiró hasta colocarla encima de su cuerpo–. Llevas demasiada ropa.

Ella se sentó a horcajadas sobre él y se quitó la blusa y el sujetador. Luego, se apartó un momento para deshacerse de los pantalones y las braguitas. Lo tiró todo al suelo y volvió a colocarse sobre él. Con poco esfuerzo, lo introdujo dentro de su cuerpo en profundidad.

Gavin la sujetó de las caderas, guiando sus movimientos. Ella cerró los ojos para absorber todas las sensaciones que, enseguida, comenzaron a resultarle abrumadoras.

Cuando la había besado la primera vez, había adivinado que había estado perdida. Sabía que no debía entregarle su corazón, que estaba con ella solo por Jared. Pero era una batalla perdida.

Por supuesto, Gavin quería hacerla feliz por el bien de su hijo. Pero no tenía por qué haberla llevado allí, ni por qué hacerle el amor. No tenía por qué admirar su arte. Todas esas cosas hacían que Sabine tuviera esperanzas. Quería tenerlas. Pero tenía miedo.

Ella lo amaba. Siempre lo había querido. Había muchas razones por las que no hacían buena pareja, pero al final, solo había tenido en cuenta la más importante. Lo había dejado porque lo había querido tanto como para cambiar por él, y eso era lo único que se había jurado a sí misma no hacer nunca. Su familia la había repudiado por no haber sido como habían querido y, aun así, había estado dispuesta a amoldarse a cualquier cosa por Gavin. Eso la asustaba. Y era el motivo por el que había huido, antes de hacer algo por lo que se habría odiado a sí misma.

En ese momento, sin embargo, no podía huir de Gavin. Para siempre, sería parte de su vida. Y ella no tenía fuerzas para seguir combatiendo contra sus sentimientos. Quizá él no la correspondiera nunca. Pero no podía fingir que eso no significaba nada para ella.

Gavin gimió con fuerza, sacándola de sus pensamientos. La agarró del trasero, mientras sus arremetidas eran cada vez más rápidas. Tenía los ojos cerrados y se mordía el labio. Estaba loco de deseo por ella. Quizá, le gustaba tal como era, se dijo. Tal vez, no le pediría que cambiara...

Igual un día él pudiera amarla por ser ella misma.

Ese pensamiento le llenó el pecho a Sabine de esperanza y, acto seguido, las oleadas del clímax la envolvieron, entre gritos de placer. Él la siguió inmediatamente, rugiendo como un león de satisfacción.

Cuando los latidos de sus corazones se hubieron calmado y se hubieron acurrucado cada uno en los brazos del otro, Sabine habló. No dijo lo que quería haber dicho, pero sí lo que necesitaba decir.

–Gracias.

–¿Por qué?

–Por las pinturas. Y por todo esto. Pero, sobre todo, por las pinturas.

–Te aseguro que el placer ha sido mío.

Sabine rio con la cabeza apoyada en el pecho de él, todavía de colores.

–No me refiero a eso. Siempre has apoyado mi trabajo. Yo no... –comenzó a decir ella, y se interrumpió con lágrimas en los ojos. Se aclaró la garganta–. No estoy acostumbrada a recibir apoyo. Después de tener a Jared y dejar de pintar, empecé a pensar que había perdido el talento. Cuando me trajiste ese lienzo el otro día y no se me ocurrió ninguna idea, temí que mi carrera como pintora hubiera terminado. Hoy, me has demostrado que todavía me queda algo de creatividad. Solo necesito no presionarme y volver a divertirme con lo que hago. Esas pinturas del cuerpo me han ayudado mucho.

–Me alegro –repuso él, abrazándola con fuerza–. Tengo que decirte que son los mejores diez euros que jamás he gastado en un *sex shop*.

# Capítulo Diez

–Deberíamos llamar para ver si Jared está bien.

Gavin la apretó contra su pecho y meneó la cabeza. Habían hecho el amor, se habían duchado, habían comido, habían hecho el amor de nuevo y se habían dormido la siesta. Él no estaba dispuesto a soltarla todavía. Ni siquiera para que fuera a buscar el teléfono a la otra habitación.

–Les pedí a mis padres que llamaran si había algún problema. Quiero que te concentres al cien por cien en disfrutar y relajarte. Todo está bajo control. Solo llevamos fuera ocho horas –repuso él, y titubeó un momento–. ¿Qué te parece si llamamos por la mañana?

–Ya sé que todo está bien, pero es normal que me ponga nerviosa y me preocupe.

–Lo sé. Recuerda que nuestros padres nos criaron a nosotros, al menos, a ti los tuyos. Los míos contrataron a niñeras muy cualificadas para el trabajo. Saben lo que hacen.

–Preferiría no utilizar a mis padres como ejemplo.

Gavin nunca la había oído hablar de su familia. Sabía que provenía de Nebraska, pero poco más, así que decidió aprovechar aquella oportunidad.

–¿Tus padres conocen a Jared?

–No –admitió ella, poniéndose tensa.

–¿Por qué no?

–Son granjeros, muy trabajadores y muy religiosos. Crecí en un pueblo pequeño que no tenía nada más que campos de maíz y una iglesia. Cuando llegué a la adolescencia, comencé a apartarme del camino que ellos habían seguido. Mis padres intentaron reconducirme al redil, pero no lo lograron. Decidieron que no querían tener nada que ver conmigo ni con la vida que yo quería llevar. Me niego a exponer a Jared a unos abuelos que lo mirarían como un vergonzoso bastardo fruto de la ciudad del pecado.

–¿Qué pasó entre tu familia y tú?

Sabine suspiró. No quería hablar de ello, pero sabía que era necesario.

–Como te he dicho, no fui la hija que esperaban. Yo no quería cambiar ni abandonar mi sueño por ellos. Querían que fuera una chica callada y obediente, que me levantara al amanecer para cocinar para mi marido, cuidar a un montón de hijos y sentarme en el porche a pelar judías. Mis dos hermanas no le veían nada de malo a esa vida, pero no era lo que yo quería para mí. No podían entender por qué prefería ponerme un *piercing* en la nariz en vez de una alianza. La primera vez que me puse mechones rosas, mi madre casi tuvo un ataque al corazón. Mi sueño de vivir en Nueva York y convertirme en artista… todo eso les parecía un sinsentido. Querían que me dejara de tonterías y fuera responsable.

Gavin sabía lo que se sentía cuando no se contaba con el apoyo de la familia. Pero él no había sido tan valiente como Sabine. Se había rendido a la presión. Envidiaba su fuerza, sobre todo, porque sabía el alto precio que había pagado por perseguir sus sueños. ¿Había perdido todo contacto con su familia?

–¿Ni siquiera hablas con tus hermanas?

–Muy poco. Una de ellas se comunica conmigo por Facebook de vez en cuando. Siempre hablamos de cosas superficiales. No les he hablado de Jared. Es como si, al rechazar la vida que ellas habían elegido, las hubiera estado insultando. Al intentar ser feliz yo misma, todo el mundo se enfadó conmigo.

–¿Y cómo terminaste en Nueva York?

–Después de graduarme, estaba pensando en irme de Nebraska. Trabajaba de cajera en una frutería y ahorraba cada céntimo. Mis padres empezaron a invitar a granjeros solteros todas las semanas a cenar, como habían hecho con mis hermanas mayores. Temí que, si no me daba prisa, alguno de aquellos hombres acabaría llamando mi atención. Y que acabaría embarazada o casada, y nunca me podría ir a Nueva York –recordó ella–. Una noche, después de acompañar al último de los candidatos a la puerta, volví al salón y anuncié a mis padres que me iba de casa. Había ahorrado lo bastante para irme. Les dije que había comprado un billete de autobús a Manhattan y que me iba por la mañana. Me daba un miedo horrible, pero tenía que hacerlo.

En la penumbra, Gavin se dio cuenta de que ella tenía los ojos empañados.

–¿Qué te dijeron?

–Me dijeron que me fuera en ese mismo momento –continuó ella con la voz impregnada de lágrimas–. Mi padre agarró mi maleta y la tiró en la parte trasera de su furgoneta. Estaban hartos de mí. Si no era la hija que ellos querían, preferían que no fuera su hija. Mi madre no dijo ni una palabra. Solo meneó la cabeza y siguió fregando los platos. Lo único que ha hecho en su vida es limpiar la maldita cocina. Por eso, me monté en la furgoneta y me fui. Ni siquiera había terminado de hacer la maleta. Acabé pasando la noche en la estación de autobús.

–¿Así, sin más?

–Sí –afirmó ella con un suspiro, secándose las lágrimas–. Se desentendieron de mí. No sé si, en secreto, pensaron que fracasaría y volvería a casa. O si simplemente estaban cansados de mis excentricidades. Esa fue la última vez que los vi. La parte más triste es que, a pesar de que yo quería irme, ansiaba que me hubieran pedido que me quedara. Pero no lo hicieron. Me permitieron marchar sin más, como si no hubiera significado nada para ellos.

Con un nudo en el estómago, Gavin se dio cuenta de que él había hecho lo mismo con ella. En esa ocasión, solo había pensado que ella lo estaba abandonando. No se le había pasado por la mente que, si le hubiera pedido que se quedara, quizá, se habría quedado.

–La gente a veces comete errores. Apuesto a que ellos te quieren y te echan de menos. Quizá pensaron que iban a darte una lección y que volverías más agradecida por lo que tenías. Cuando lo hiciste… igual no supieron cómo reaccionar. Ni cómo encontrarte.

–No soy difícil de encontrar. Como te he dicho, estoy en Facebook. Hasta tengo una página web con mis obras.

Él meneó la cabeza.

–No siempre es tan fácil como eso, sobre todo, cuando sabes que te has equivocado. Quiero decir… yo hice lo mismo, ¿no es así? Fui un estúpido y un terco y te dejé marchar. Tenía un millón de razones en ese momento, pero ninguna de ellas se sostuvo cuando cerraste la puerta. Cada vez que recuerdo ese día, me pregunto qué habría pasado si hubiera salido detrás de ti, si te hubiera tomado entre mis brazos y te hubiera dicho que te necesitaba.

–¿Querías que me quedara?

Lo preguntó con tanto asombro que a Gavin se le encogió el corazón un poco más. Todo ese tiempo, ella había creído que no le había importado. Quizá, todavía lo seguía pensando. Él no le había demostrado interés por nada más que su cuerpo. Era posible que ella creyera que era una cuestión solo física. Incluso él lo había creído, hasta ese momento.

–Claro que quería que te quedaras. Lo que pasa es que me tomó por sorpresa. Había pensado que eras distinta, que no me dejarías. Cuando rom-

piste conmigo, el mundo entero se me vino abajo.
No sabía cómo pedirte que te quedaras. Sabes que
hablar de sentimientos no se me da muy bien...
–reconoció él meneando la cabeza.

–Es más fácil de lo que crees.

–¿Sí? –replicó él, posando un beso en su coroni-
lla.

–Sí –afirmó ella y se apoyó sobre un codo para
mirarlo a los ojos–. Lo único que tenías que haber
dicho era quédate. Esa única palabra hubiera bas-
tado.

–¿Y si te lo hubiera dicho...? –comenzó a pre-
guntar él. Necesitaba saberlo.

–Me habría quedado.

Gavin tragó saliva. De todas las personas que
habían entrado y salido de su vida, ¿cuántas segui-
rían a su lado si se lo hubiera pedido? El pasado
no podía cambiarse, pero le dolía sobremanera no
haber impedido que Sabine se separara de él.

Era difícil admitir que una sola palabra lo hubiera cambiado todo. A veces, sin embargo, eso
era todo lo que hacía falta. Mirando a la hermosa
mujer que tenía entre sus brazos, la madre de su
hijo, se juró a sí mismo que no volvería a dejar que
nada se interpusiera entre ellos.

Sabine se estiró en la hamaca, bañada por el sol
y la suave brisa del mar. Gavin estaba echando una
cabezada a su lado. De veras estaba disfrutando de
aquella escapada. Habían comido demasiado, habían bebido mucho, se habían estado levantando

tarde, habían hecho el amor incontables veces. Hasta Gavin la había llevado a conocer el Jardín Botánico y el museo de arte. Ella había recorrido encantada cada una de sus salas, sintiendo cómo la llama de la inspiración despertaba en su alma.

Era todo demasiado perfecto.

Sabine comprendió lo equivocada que había estado. Desde el día en que se había hecho la prueba de embarazo, le había preocupado que Gavin le robara a su hijo y la dejara indefensa. Por el momento, lo único que él había hecho, sin embargo, había sido ayudar. Quería pasar tiempo con su hijo, pero respetaba los límites que ella marcaba. No habría internados, ni niñeras que sustituyeran el amor de sus padres.

Por otra parte, a pesar de que había creído que a Gavin no le había importado, él se había quedado destrozado cuando habían roto. No le había dicho que la amaba, pero sí que sentía algo por ella. Y eso era más de lo que había esperado.

También había entendido que él no pretendía hacerla cambiar. Quería que fuera ella misma. Siempre habría personas groseras en el mundo, como Viola. Pero la familia de Gavin la había recibido con los brazos abiertos y lo demás no importaba.

Todo iba de maravilla.

El sonido del móvil de Gavin la sacó de sus pensamientos. Desde que habían llegado, él apenas había hablado por teléfono. En esa ocasión, lo vio observar la pantalla del aparato con el ceño fruncido.

–Hola, papá. ¿Va todo bien?

De inmediato, Sabine sintió un nudo en el estómago. Habían llamado el día anterior para asegurarse de que Jared estaba bien. Gavin le había dicho que sus padres llamarían si había algún problema. Intentando no entrar en pánico, escuchó la conversación.

–¿Qué? –dijo él con tono alarmado, incorporándose de golpe en la hamaca–. ¿Estáis seguros? ¿Habéis mirado en los armarios y debajo de las camas? Le gusta jugar al escondite.

–¿Qué pasa? –inquirió ella asustada, levantándose de un brinco.

–¿Cómo han entrado en el piso? –preguntó Gavin al teléfono, concentrado en la llamada.

¿Quién?, pensó Sabine con el corazón acelerado.

–¿Habéis llamado a la policía?

–¡Gavin! –gritó ella, incapaz de contenerse. Si Jared se hubiera caído y se hubiera raspado la rodilla, no haría falta llamar a la policía. Algo peor había pasado.

–No, era lo correcto. Estaré en casa dentro de tres horas –dijo Gavin, colgó, y la miró. Tenía los ojos empañados por las lágrimas–. Jared no está.

Sabine gritó presa del pánico.

–¿No está? ¿Cómo que no está? ¿Se ha ido?

–No se ha ido. Lo han raptado. Han dejado una nota pidiendo un rescate.

Sabine apenas pudo digerir sus palabras. No

era posible. Debía de haberlo oído mal. ¿Por qué iban a secuestrar a Jared? No tenía sentido.

Gavin se levantó y le tendió la mano.

—Sabine, por favor, tenemos que volver a Nueva York cuanto antes.

Entonces, la confusión dejó paso a la más pura rabia en el pecho de Sabine. Su dulce niño había sido raptado. Su pequeño bebé que solo había conocido sus mimos y sus cuidados, hasta que se había convertido en el hijo de uno de los hombres más ricos de Manhattan y se había convertido en un peón de ajedrez.

Cuando Gavin acercó la mano, ella se la apartó de un golpe.

—No me toques —le advirtió ella con la mandíbula apretada—. Es todo culpa tuya.

—¿Qué? —replicó él, encogiéndose como si lo hubieran golpeado.

—No debí hacerte caso. Dijiste que estaría a salvo con tus padres.

—Claro. ¿Cómo iba a saber que alguien secuestraría a nuestro hijo?

—Porque es tu mundo, Gavin. Quizá no aprobabas nuestro viejo y pequeño apartamento, ¿pero sabes qué? Jared estaba a salvo allí. ¡A salvo y feliz con lo que tenía! Ahora es un niño rico y estará asustado y solo, porque ser tu hijo lo ha convertido en el objetivo de los criminales.

—¿Crees que lo han secuestrado por mí?

—Por supuesto que sí —contestó ella, ignorando el dolor que se dibujaba en la expresión de él—. ¿Qué piden en el rescate? ¿Millones de dólares? A mí nunca habrían podido sacarme ese dinero. No tengo ni un céntimo.

–No sé qué decía la nota de los raptores, solo que darían más instrucciones a las cinco de la tarde. ¿Puedes dejar de gritar y prepararte para subir al avión?

–Claro que sí. No quiero seguir en esta isla contigo ni un minuto más –le espetó ella, y corrió a la habitación.

–¿Qué quieres decir con eso?

–Que ojalá nunca me hubiera encontrado con Clay en la calle. Ojalá nunca nos hubiéramos visto de nuevo. Debía haber vuelto a Nebraska para que no me encontraras. Si no te hubiera dejado entrar en nuestras vidas, ahora tendría a mi hijo. Esta es exactamente la razón por la que no te conté que ibas a ser padre.

–Me estás echando basura encima y lo sabes –replicó él, furioso–. No me contaste lo de Jared porque quieres tenerlo todo controlado y no puedes soportar que alguien más tome decisiones sobre tu hijo. No me lo contaste porque eres egoísta y lo querías para ti sola, al precio que fuera.

–¡Bastardo! Lo estaba protegiendo de tener la misma infancia que tanto daño te hizo a ti.

–Prefieres hacerte la mártir a reconocerlo.

Llena de rabia, Sabine se dio media vuelta. No había nada más que decir. En un santiamén, tuvo preparada la maleta y estaba lista para irse.

***

En el coche, no hablaron. Si abría la boca, Sabine sabía que sería para decirle cosas terribles. Lo mismo debía de pasarle a él.

En el camino al aeropuerto, su enfado comenzó a disiparse. No era momento para ponerse a discutir. Eso llegaría después, cuando Jared estuviera sano y salvo con ella.

También en el avión reinó el silencio. Estaban a pocos centímetros el uno del otro, aunque se sentían como si una inmensidad los separara. Todo había cambiado de manera radical en tan solo unos instantes.

–Mira, pelearnos no nos va a conducir a nada, así que hagamos una tregua hasta que se solucione este lío.

–De acuerdo –respondió Gavin, apretando el timón con fuerza.

–¿Qué más te han dicho tus padres?

–Lo habían llevado al parque y, luego, volvieron a casa para echarse una siesta. Mi madre dice que se quedó dormida en el sofá del salón. Cuando se despertó, el niño no estaba. Solo había una nota encima de la cama.

–¿No había nadie más en casa?

–Mi padre estaba en su despacho. Nora había salido a hacer la compra.

Sabine meneó la cabeza con la vista fija en la distancia.

–¿Cómo es posible que alguien entre en un edificio multimillonario y superprotegido y salga de allí con nuestro hijo? ¿Nadie lo vio? ¿Ni siquiera el portero? Debe de haber cámaras por todas partes.

–Quien lo hizo, no usó la puerta principal. Puede que entraran por el garaje. Hay cámaras en todas partes, pero hace falta una orden de la policía para revisar las cintas grabadas.

–¿Y?

–Y no hemos llamado a la policía todavía –informó él–. La nota amenazaba la seguridad de Jared si contactábamos con ellos. Quiero esperar a responder la llamada del secuestrador esta noche. Igual así podemos hacernos una idea de con quién estamos tratando. Entonces, igual avisamos a la policía.

Sabine no tenía claro si era buena idea. No estaba segura, pero por las series policíacas que había visto, llamar a las fuerzas de la ley era el primer paso en esas situaciones. Sin embargo, quizá Gavin supiera lo que estaba haciendo.

–¿Es que sospechas quién puede ser el culpable?

–Puede que no sea nadie que yo conozca –contestó él–. Puede ser cualquier criminal en busca de dinero fácil. Tenías razón cuando dijiste que darle mi apellido a Jared lo había puesto en peligro. No me había dado cuenta hasta ahora –añadió–. De todas maneras, tengo la sensación de que es alguien que conozco. No he hecho público que tengo un hijo todavía. No puedo acusar a nadie con certeza, pero tengo una lista de sospechosos muy corta.

–¿Quién puede odiarte tanto como para secuestrar a tu hijo?

–Unas tres personas.

–¿Y cuántos de ellos  estarían dispuestos a matar a tu hijo para hacerte daño? –preguntó ella.

Gavin la miró, pálido.

–Nadie –afirmó él, aunque no consiguió transmitir demasiada confianza–. Nadie.

# Capítulo Once

En realidad, Gavin solo tenía un sospechoso en mente. A medida que se iba a acercando la hora para que llamaran los secuestradores, estaba más seguro.

Habían llegado bien aeropuerto y se habían presentado en casa de sus padres de inmediato. Sus padres estaban enfermos de preocupación. Sin duda, estaban destrozados. Su casa, donde habían vivido treinta años, había sido asaltada por un bastardo para robarle su más preciada posesión.

Sabine y la madre de Gavin se abrazaron con fuerza y se sentaron juntas en el sofá. Su padre estaba dando vueltas en una esquina, mirando por la ventana como si así pudiera dilucidar el enigma. Nora les llevó una bandeja con té y galletas, pero nadie fue capaz de probarlas. Gavin se sentó a esperar la llamada.

Cuando, por fin, sonó el teléfono, a Gavin le dio un brinco el corazón. Respondió de inmediato e hizo una seña a los presentes para que guardaran silencio.

—¿Hola?

—Gavin Brooks —dijo una voz masculina al otro

lado, llena de arrogancia–. Me alegro de que hayas vuelto a casa de tus vacaciones para poder hablar conmigo.

–Quiero hablar con Jared –exigió él.

Sabine corrió a su lado y le dio la mano. No habían hablado mucho en el vuelo y, quizá, todo estuviera perdido entre ellos, pero en ese momento, los dos tenían un único objetivo. Ambos ansiaban encontrar a su hijo y tenerlo de vuelta sano y salvo. Gavin estaba nervioso y asustado, igual que ella, aunque se le daba mejor ocultarlo.

–Apuesto a que sí. Pero no eres tú quien da las órdenes, sino yo –repuso el secuestrador–. Y tienes que hacer un par de cosas antes de poder pedirme nada.

–¿Cómo sé que está contigo?

–Si no lo sabes tú… ¿quién lo sabe? No creo que hayas perdido a tu hijo, ¿o sí?

–¿Está bien?

–Por ahora. No le he tocado un pelo de la cabeza. Si quieres que las cosas sigan así, harás lo que digo y no llamarás a la policía. Si lo haces, no volverás a ver a tu pequeño jamás.

Gavin le apretó la mano a Sabine, nervioso.

–No llamaré a la policía. Pero necesito saber qué quieres exactamente, Paul.

El hombre al otro lado de la línea rio con amargura.

–Esperaba que tardaras un poco más en descubrirlo. ¿Cómo lo has sabido? Pensé que habrías destrozado las vidas de docenas de personas y que habría mucha gente en el mundo deseando vengarse de ti.

Paul Simpson. El irresponsable hijo de Roger Simpson, dueño de Exclusivity Jetliners. Al parecer, no estaba de acuerdo con perder la compañía de su padre.

—Solo unas cuantas personas sabían que me iba de vacaciones. Y menos aún saben que tengo un hijo. No es del dominio público todavía.

Gavin le había mencionado su viaje a Roger. Le había contado que se iría con Sabine y que dejaría a Jared con sus padres. Entonces, Roger le había ofrecido que se llevara uno de sus aviones. Paul debía de haber estado escuchando la conversación de Gavin con Roger y no había tenido más que aprovechar el momento oportuno para robarle a su hijo.

—Bueno, sí, siempre se cometen descuidos. Por suerte, no tenemos que preocuparnos por eso, porque todo irá como la seda.

Por alguna razón, Gavin lo dudaba.

—¿Qué quieres, Paul? Todavía no me lo has dicho, aunque me lo imagino.

—Es sencillo. Primero, llama a mi padre y dile que te echas atrás y que no habrá trato. Dale cualquier razón, menos el chantaje, claro.

Gavin vio cómo su sueño de poseer una flota de aviones se le escapaba entre las manos. Todo aquello por lo que había trabajado en los últimos años se iría al traste. Pero estaba dispuesto a renunciar a cualquier cosa por su hijo. Si eso implicaba perder Exclusivity Jetliners, así sería.

Debía de habérselo imaginado, se dijo. Paul había dejado de ofrecer resistencia a la fusión. Roger había creído que había hecho entrar en razón a su díscolo hijo, pero la verdad era que Paul solo había estado buscando una alternativa para salirse con la suya.

–Si yo no compro la compañía, tu padre se la venderá a otra persona.

–¡No! –gritó Paul–. No lo hará. Si vuestro trato fracasa, me dará la oportunidad de dirigirla solo. Y podré demostrarle lo que soy capaz de hacer.

Gavin quiso decirle a Paul que se equivocaba, pero prefirió mantener silencio. Cuando Jared estuviera a salvo en sus brazos, llamaría a la policía para que se ocupara de él. Desde la cárcel, no podría dirigir compañía ninguna.

–Cuando llame a Roger y cancele el trato, ¿nos devolverás a nuestro hijo?

–No –negó el otro hombre, riendo–. Primero, tengo que confirmar con mi padre que no habrá fusión. Luego, necesito un refuerzo económico. Espero que vayas al banco mañana por la mañana y que saques un millón en billetes pequeños. Ponlos en una mochila y te llamaré para decirte dónde quedamos.

–Entonces, nos darás a Jared.

–Entonces, sí, os devolveré a vuestro niñito –contestó el otro hombre con un suspiro–. Primero, llama a mi padre. Yo lo llamaré dentro de media hora y espero que, para entonces, comparta conmigo la noticia. Mañana a las diez volveré a ponerme en contacto contigo.

Acto seguido, colgó.

Gavin soltó el teléfono y se desplomó sobre el

sofá. Se sentía como si todo su mundo se estuviera haciendo pedazos. Su hijo estaba en peligro. Su sueño de poseer una flota de aviones privados se había esfumado. Y la madre de su hijo lo culpaba de lo sucedido. Difícilmente podrían reconstruir su relación.

Sin embargo, nada de lo que el pudiera hacer o decir garantizaría la seguridad de su hijo. Ni que Sabine volviera a mirarlo con amor, pensó, apretándole la mano como si temiera perderla para siempre.

—Bueno, ¿qué has averiguado? —preguntó ella.

—¿Jared está bien? —inquirió su madre.

—Eso creo. Sé quién está detrás del secuestro. No tengo razones para creer que le haga daño a Jared si cumplo con lo que me pide.

Sabine suspiró.

—¿Quién se lo ha llevado?

—Paul Simpson. No lo conoces.

—¿Y qué quiere? —inquirió su padre.

—Que mañana le entregue un rescate de un millón de dólares.

—Puedo proporcionártelo —afirmó Byron.

—Y hoy tengo que cancelar mi último trato de negocios.

Con un grito sofocado, Sabine le apretó un poco más la mano.

—¿El de los aviones privados?

Gavin asintió, bajando la mirada.

—Sí. Espero que disfrutaras del vuelo a las Bermudas. Creo que esa será la última vez.

—Oh, Gavin, lo siento —repuso ella con lágrimas

en los ojos–. Sé lo importante que es para ti. Quizá igual puedes...

Gavin le hizo una seña para acallarla. No estaba de humor para barajar posibilidades.

–Aunque todo salga bien, mis tratos con la familia Simpson han terminado.

–Podemos comprar otros aviones, hijo.

–Encontrar otra compañía con una flota igual es imposible –negó él.

Dando la espalda a su familia, sacó su móvil y se dispuso a llamar a su contable. Iba a tener que vender algunas cosas para tener la liquidez suficiente a la mañana siguiente.

Pocos minutos después, había solucionado ese problema. Por delante le quedaba hacer una segunda llamada que no podía posponer más tiempo.

Despacio, Gavin marcó el número de Roger. No quería cancelar el trato, ni siquiera estaba seguro de ser capaz de decir las palabras en voz alta. Pero la vida de Jared estaba en juego.

–¿Gavin? No esperaba hablar contigo hoy. Has vuelto de las Bermudas. ¿Ha pasado algo? ¿Funcionaba bien el avión que te dejé?

–El avión funciona bien. Pero me ha sucedido algo que me ha hecho volver antes de lo pensado –informó Gavin–. Yo... lo siento mucho, Roger, pero me temo que tengo que retirar mi oferta de compra de Exclusivity Jetliners.

–¿Qué? ¡Hace unos días estabas emocionado con la compra! –exclamó el otro hombre, sin dar crédito–. ¿Qué ha pasado para que cambies de opinión así? ¿Has encontrado otra compañía mejor? Nuestro acuerdo es negociable, ya lo sabes.

–No, por favor, Roger, lo siento, pero no puedo darte más detalles. Odio hacer esto, pero es inevitable. Siento los problemas que te he causado. Tengo que irme.

Antes de que Roger pudiera hacerle más preguntas, Gavin colgó. Había hecho lo necesario por el bien de Jared, aunque eso no significaba que no se sintiera hundido. Para evitar las miradas de compasión de Sabine y sus padres, salió del salón. Necesitaba un poco de espacio para llorar por sus sueños, a solas.

Eran las diez de la mañana y Gavin había vuelto del banco con un millón de dólares en una mochila. Toda la familia estaba reunida alrededor del teléfono, esperando la llamada de Paul.

Sabine y Gavin habían pasado la noche en la mansión de los Brooks, aunque ninguno de los dos había podido pegar ojo. El rostro de él, marcado con pronunciadas ojeras, se había vuelto inexpresivo. Era lo que solía hacer cuando los sentimientos lo abrumaban.

Sabine sabía que para él era difícil hablar, no solo por su preocupación por Jared, sino por el precio que había tenido que pagar. La adquisición de esa flota de aviones lo había sido todo para Gavin. Y, cuando lo había visto al mando de aquel jet, tan lleno de entusiasmo, ella lo había comprendido.

Había estado tan cerca de hacer realidad sus sueños...

Sabine le posó la mano en la rodilla y él se la cubrió con la suya. Su calidez la envolvió. No quería pensar en la posibilidad de que algo fuera mal. De nada serviría ponerse como una histérica.

A pesar de que había culpado a Gavin de todo el desastre, ella se alegraba de tenerlo a su lado en esos momentos. Nadie tendría que lidiar con algo así solo. Hasta el momento, habían cumplido de forma satisfactoria con todas las demandas del secuestrador. Ese era uno de los beneficios de estar con un hombre acostumbrado a ocuparse de todo, pensó.

Y sabía que Gavin haría lo que fuera para que su hijo volviera sano y salvo.

El sonido del teléfono retumbó en la habitación. Gavin apretó el botón del manos libres, pues Sabine le había pedido escuchar la conversación.

–¿Sí?

–Estoy admirado, Gavin. Lo has hecho todo muy bien, sin mezclar a la policía. Mi padre está bastante decepcionado desde tu llamada. Me ha costado mucho no reírme en su cara.

Sabine se contuvo para no lanzarle un improperio por el teléfono.

–Tengo el dinero. ¿Ahora qué? –preguntó Gavin, yendo directo al grano.

–Te veré dentro de una hora en el parque de Washington Square. Te esperaré bajo el arco con el niño. Tú me das la mochila y yo te doy a tu hijo.

–Allí estaré.

–Si me huelo a la policía, hemos terminado. Y ya no verás al niño vivo nunca más.

Paul colgó. Tras un pesado silencio en la sala, Celia rompió a llorar.

–No te preocupes, querida. No va a hacerle daño a Jared, ya lo verás –la consoló Byron.

–Tienes razón. Lo único que Paul quiere es conseguir dinero y lograr que su padre haga lo que él quiere –señaló Gavin, colgándose la mochila al hombro–. Tengo que irme.

–Voy contigo –dijo Sabine.

Gavin apretó la mandíbula para no discutir. Sabía que podía convencer a Sabine de muchas cosas pero, en ese momento, también sabía que ella no aceptaría un no por respuesta.

–De acuerdo. Vamos.

Ella agarró su propia mochila roja. Tenía ropa de cambio, pañales, barritas de cereales, el dinosaurio de peluche de Jared y uno de sus camiones. Quería tenerlo todo preparado para ocuparse de él en cuanto pudiera tenerlo entre sus brazos.


Gavin hizo que el chófer los llevara al centro. Se bajaron del coche a un par de manzanas de la plaza, donde los recogería después, y fueron andando.

Con el corazón a toda velocidad, Sabine apenas se dio cuenta de lo que pasaba a su alrededor mientras caminaban al lugar de encuentro. Gavin la llevaba sujeta con fuerza de la mano.

Llegaron cinco minutos antes.

No tenía ni idea de qué aspecto tenía Paul, pero tampoco veía a Jared por ninguna parte.

–¡Mamá!

De inmediato, Sabine reconoció la voz de su hijo en medio del barullo de gente. Se giró de golpe a la derecha y vio a un hombre caminar hacia ellos con un niño en brazos.

Algo iba mal, pensó ella, pero no se paró a pensarlo. Lo único que importaba era que allí estaba su pequeño. Jared saltó a sus brazos y se agarró a su cuello con fuerza. Tras un largo abrazo, lo examinó para ver si estaba bien. Estaba limpio. Tenía las mejillas sonrojadas. Sonreía. No parecía haber pasado un mal rato.

¿Qué era todo aquello?

–¿Roger?

Sabine se volvió hacia Gavin, que se dirigía al otro hombre.

–Lo siento mucho. No tienes ni idea de cómo me he sentido al descubrirlo todo. Mi hijo… –musitó Roger–. Es inexcusable. No tengo palabras para expresar lo horrorizado que estoy por sus acciones. Tenéis que haberlo pasado fatal.

–¿Qué ha pasado, Roger? Habíamos quedado con Paul aquí –indicó Gavin, mirando a su hijo rápidamente.

–Cuando me llamaste anoche, pensé que algo no encajaba. Esta mañana, cuando llegué a la oficina, oí a Paul hablar con alguien de nuestro servicio de guardería de la empresa. Luego, le oí hablar contigo. Le pregunté qué sucedía y me lo confesó todo. Mi esposa y yo llevábamos tiempo

142

preocupados por él, pero nunca pensamos que pudiera hacer tanto daño.

–¿Cómo está ahora?

–Está en uno de mis aviones, rumbo a una clínica mental en Vermont. Si quieres poner cargos contra él, lo entiendo. Puedo darte la dirección de la clínica para que la policía vaya a buscarlo. Solo quería proporcionarle ayuda lo antes posible. Parece que está más trastornado de lo que yo creía, además de que es adicto a las drogas. Le debía dinero a su camello y había ideado un plan para exportar e importar droga en nuestros aviones. Solo quería la compañía para eso.

–Lo siento, Roger.

El viejo meneó la cabeza con tristeza y miró a Jared.

–También quiero deciros que vuestro hijo ha estado en las mejores manos todo el tiempo. Paul lo llevó a la guardería de Exclusivity Jetliners. Tenemos una escuela infantil abierta las veinticuatro horas para empleados que trabajan de noche. Jared ha estado jugando con otros niños. Os garantizo que no tiene ni un rasguño.

Sabine respiró aliviada. Por eso Jared estaba tan tranquilo. Pensaba que se había pasado el día en el cole con nuevos amigos y no tenía ni idea de que lo hubieran secuestrado. Al menos, eso era una suerte.

–¿Mi dinosaurio? –pidió el pequeño.

Sabine se agachó, dejó al niño en el suelo y abrió su mochila.

–Aquí está.

Jared lo abrazó feliz, agarrado a la pierna de mamá. Aunque no había sufrido ningún daño, había estado demasiado tiempo lejos de ella.

–Quiero compensarte de alguna manera –continuó Roger–. Aunque sé que es difícil.

–No te martirices más, Roger. No puedes controlar lo que hacen tus hijos cuando son adultos.

–No, Gavin, me hago responsable de todo lo que ha pasado. Dejé que las cosas llegaran demasiado lejos con Paul. Ahora quiero arreglarlo. Si sigues interesado, mis aviones son tuyos. De ninguna manera voy a dejarle la compañía a mi hijo. Me gustaría vendértela a ti por un veinte por ciento menos de lo que habíamos acordado. ¿Qué te parece?

Gavin abrió los ojos de par en par, sorprendido. Ese veinte por ciento debía de suponer mucho dinero, adivinó Sabine.

–Roger, yo…

–Y añadiré *Beth* a la flota.

–Eso seguro que no –negó Gavin–. Es tu avión personal. ¡Le pusiste el nombre de tu esposa!

Con una sonrisa, Roger le dio una palmadita en la espalda.

–Mi primera esposa –puntualizó Roger–. Quiero regalártelo a ti personalmente. Aunque ya no quieras comprar la empresa. Te aseguro que no vas a encontrar un avión como el mío.

–¿Y tú?

–Con el dinero de la venta, igual puedo comprarme un avión más pequeño. O tal vez un yate para llevar a pasear a mi señora.

–¿Estás seguro?

–Claro. Haré que mis abogados redacten el acuerdo cuanto antes –indicó Roger, y posó los ojos en Jared con un brillo de tristeza–. Lo siento mucho. Por favor, llevad a vuestro hijo a casa y disfrutad del día con él –dijo e, inclinándose hacia Gavin, añadió en voz baja–: Antes, para en el banco y pon ese dinero a salvo. No puedes ir por ahí con un millón de dólares en la mochila.

# Capítulo Doce

–Bueno –dijo Gavin, rompiendo el silencio–. Mañana voy a llamar a la agencia inmobiliaria para informarle de que el piso con vistas a Washington Square está descartado.

–¿Por qué? –preguntó Sabine volviéndose hacia él en el asiento del coche.

–No voy a pagar cinco millones de dólares por un sitio que te va a recordar siempre lo mal que lo has pasado.

Ella suspiró.

–La semana pasada vimos muchos y ese era el único que me gustaba. Entiendo lo que dices, pero odio empezar de cero.

Con un poco de suerte, no tendrían que volver a mirar más casas, pensó Gavin. Solo una.

–No vamos a hacerlo. Hay un piso disponible que todavía no ha salido al mercado. Creo que te va a encantar.

Ella arqueó las cejas, pero no preguntó más. Estaba demasiado ocupada estrechando a Jared en sus brazos. Después de haber pasado un infierno sin él, el piso era lo que menos le importaba.

Además, no habían vuelto a hablar después de su pelea en la playa. Habían dejado de lado sus diferencias hasta que Jared volviera. Antes o después, llegaría el momento de hablar y enfrentarse a las cosas terribles que se habían dicho.

Por su parte, Gavin no tenía ninguna prisa por iniciar esa conversación. Tenía bastante con contemplar a Sabine y a Jared a su lado. De vez en cuando, ella abrazaba y acariciaba a su pequeño con lágrimas en los ojos.

Poco a poco, Gavin se fue haciendo más inseparable de Jared y Sabine.

Él había firmado el acuerdo de custodia, aunque eso no significaba que le gustara. Quería ver a Jared todos los días. Y a Sabine. No decía nada respecto a eso en aquellos documentos.

Sin embargo, era posible que ella no quisiera tener nada más que ver con él. Se habían dicho cosas muy feas el uno al otro. Él no lo había dicho en serio, no lo pensaba de verdad, pero sabía que no tenía sentido disculparse. Lo que ella quería eran acciones y no palabras.

El coche los llevó al hotel Ritz Carlton, donde Gavin tenía una planta solo para él. Subieron en el ascensor y entraron en su casa. Cuando hubo cerrado la puerta con llave, se sintió por fin seguro. Su familia estaba sana y salva y nunca iba a volver a perderlos de vista.

Cuando se hubieron acomodado, llamó a sus padres para informarles de que Jared estaba bien. Debería haberlos llamado desde el coche, pero había necesitado tiempo para digerir todo lo sucedido.

Jared estaba jugando con su dinosaurio y Sabine estaba mirando por la ventana, cruzada de brazos con gesto protector.

–¿Sabine? ¿Estás bien?

Ella asintió, aunque en sus ojos había un rastro de tristeza.

–Siento lo que te dije el otro día. Estaba disgustada y asustada. Culparte fue lo más fácil. No lo hice bien. También era hijo tuyo quien estaba en peligro.

–Yo también dije cosas que no sentía.

–Sí, pero tenías razón. He sido una egoísta. Tenía tanto miedo de perder a Jared que decidí ocultártelo. No debería haberlo hecho. Me alegro de que Clay me viera y te lo contara. Fue un paso que no habría podido dar sola. Y me alegro de que vayas a ser parte de su vida.

–¿Y de tu vida?

–Claro que Jared es parte de mi vida –repuso ella, sin entender–. Él es mi vida.

–No hablaba de Jared –explicó él, acercándose–. Estaba hablando de mí. ¿Puedo yo ser también parte de tu vida?

Ella suspiró, bajando la vista.

–No lo sé, Gavin. Las últimas semanas han sido agradables, pero todo ha sucedido demasiado rápido. Tenemos toda una vida por delante para compartir a nuestro hijo. No quiero que nada lo estropee. Sé lo importante que él es para ti.

–Tú eres importante para mí –aseguró él–. Los dos lo sois. Todo este tiempo... no he estado con vosotros solo por nuestro hijo. Lo sabes, ¿verdad? –expuso–. Sabes que me cuesta expresar lo que siento. Me he pasado toda la vida viendo cómo la gente me dejaba solo. Mis padres siempre estaban ocupados y pasé de mano en mano de un desfile de niñeras. Cada pocos años, me cambiaban a un colegio cada vez más prestigioso. No tardé mucho en aprender a mantener las distancias con todo el mundo.

–No todo el mundo va a dejarte, Gavin.

–Tú lo hiciste. Me dijiste que te habrías quedado si te lo hubiera pedido, ¿pero cómo lo sé seguro? Además, no se me dan bien las palabras. ¿Puedo demostrarte sin más lo que siento?

–¿Con más besos? ¿Más regalos e invitaciones a cenar? Eso no significa nada para mí. Quiero más, Gavin. Necesito escuchar las palabras de tu boca.

–Te ofrezco más –afirmó él, sosteniéndola de la mano–. Quiero enseñarte algo –indicó, y tiró de ella con suavidad hacia el pasillo, hasta el dormitorio de Jared.

–Ya me habías enseñado el cuarto de Jared.

–Lo sé. Ahora quiero enseñarte la otra habitación.

Gavin abrió la puerta de lo que solía ser su despacho. Cuando encendió la luz, Sabine soltó un grito sofocado a su lado.

–¿Recuerdas cuando te dije en el coche que había una casa disponible que te encantaría? Es esta. He hecho que reformen mi antiguo despacho para ti. No tienes que compartir más tu estudio con un niño pequeño, ni con el cubo de la fregona. Es todo tuyo para hacer lo que quieras.

Sabine entró en la amplia habitación. El suelo

de madera estaba reluciente, las paredes estaban pintadas de color verde claro, como los ojos de ella.

—El diseñador de interiores me dijo que este tono de verde iba bien porque no influiría en el color de tus cuadros y refleja la luz suficiente con los techos blancos.

Había una enorme ventana por donde entraba luz natural de sobra. Junto a una pared, había un cómodo sofá. Y varios armarios llenos con material de pintura. Había un par de caballetes dispuestos con lienzos en blanco y unos cuantos cuadros enmarcados en las paredes.

—Este tono de verde también combina muy bien con las pinturas tuyas que tengo.

—Es precioso. Perfecto –señaló ella, acariciando uno de sus cuadros–. No sabía que hubieras comprado obras mías. ¿Por qué no me lo dijiste?

—Porque las compré después de que te hubieras ido. Así podía tenerte un poco conmigo, a mi manera.

Ella se giró para mirarlo con una mezcla de emoción y confusión dibujada en el rostro.

—¿Cuándo has decidido hacer todo esto?

—Hace tres años.

—¿Cómo?

—Tenía el estudio casi terminado cuando me dejaste. Estaba pensando pedirte que te mudaras a mi casa y darte la habitación como regalo de bienvenida. Decidí arreglarla de todas maneras, y así ha estado todo este tiempo, cerrada y esperándote.

–¿Querías que me mudara contigo? Tenías que habérmelo dicho. No creí que yo te importara –confesó ella–. Yo te amaba, pero pensaba que tú a mí, no.

–Fui un tonto por dejarte marchar. Quería que te quedaras conmigo y tenía demasiado miedo de admitirlo. Te puedo comprar todas las casas que quieras, pero tu sitio está aquí, a mi lado.

–¿Por qué no me lo dijiste cuando me enseñaste la habitación de Jared?

–Pensé que era demasiado pronto –reconoció él con un suspiro–. Estábamos reconstruyendo nuestra relación y no sabía qué pasaría. Pensé que podías asustarte si te lo enseñaba, que igual te parecía demasiado.

–¿Por qué pensaste eso?

–Te habías reído de mi proposición de matrimonio y te habías negado a mudarte a mi casa.

–Sé justo. No fue una propuesta en realidad.

–Es cierto. Por eso, temía que creyeras que el estudio era una manera de sobornarte para que te mudaras conmigo. No es un soborno. Es un regalo de bienvenida. Quiero que mi casa sea vuestra casa. No los fines de semana alternos, sino todos los días. Para los tres.

Cuando vio que los ojos de ella se inundaban de lágrimas, no supo si era buena o mala señal. Pero decidió continuar.

–Sabine, sé que soy un patoso hablando de lo que siento. Construí este espacio para ti porque... te quiero. Te quería entonces y te quiero ahora. Esta es la única manera que se me ocurrió de demostrártelo.

–¿Me quieres? –preguntó ella con una sonrisa en los labios.

–Mucho.

–Dilo otra vez.

–Te quiero –repitió él con una amplia sonrisa–. Ahora te toca a ti.

Sabine lo abrazó, mirándolo a los ojos.

–Te quiero, Gavin –afirmó ella, y lo besó.

Gavin la rodeó con sus brazos, feliz. Había temido que, con lo que le había sucedido a Jared, todo se hubiera ido al traste entre ellos.

–Me alegro –aseguró él–. Así lo que viene ahora será menos embarazoso. Quiero preguntarte otra vez si te quieres casar conmigo. Si la respuesta es no, por favor, no te rías. El ego de un hombre no puede soportar algo así dos veces seguidas.

–De acuerdo –contestó ella con rostro solemne.

Gavin hincó una rodilla en el suelo, con una mano de ella entre las suyas.

–Sabine Hayes, te quiero. Y quiero a nuestro hijo. Quiero que seamos una familia. No hay nada en este mundo que desee más que casarme contigo. ¿Aceptarías ser mi esposa?

Sabine se sintió incapaz de controlar el remolino de emociones que se agolpaban en su pecho.

Esa vez, no se reiría. Gavin la estaba mirando con ojos llenos de amor. Quería casarse con ella y eso no tenía nada de gracia.

–Sí. Me casaré contigo.

Él se puso en pie y la levantó en sus brazos.

Loco de alegría, selló su acuerdo con un beso que hizo que a los dos les subiera la temperatura.

Sabine se dijo que tendrían que esperar a que Jared se durmiera la siesta para poder hacer el amor. Mientras, miró a los ojos de su amado, el padre de su hijo. Todo parecía perfecto a su lado.

–Gavin, ¿sabes por qué no me gustaba ninguna de las casas que vimos?

–No. ¿Por qué? –preguntó él con una sonrisa.

–Porque a todas les faltaba algo... tú.

–Claro –repuso él, riendo–. Solo hay un piso en Manhattan que viene equipado con Gavin Brooks, el único e inimitable. Y la única forma de entrar es casándote con el.

–Pues resulta que ese Gavin Brooks acaba de pedirme que sea su mujer.

Él levantó una mano y se miró el dedo anular desnudo.

–Esto no puede ser. Lo primero que tenemos que hacer es comprar un anillo de compromiso.

–¿Ahora?

–Estamos a dos manzanas de Tiffany´s. ¿Por qué no?

–No hay prisa –señaló ella con un suspiro–. Tenemos un millón de dólares en billetes pequeños en el suelo del salón, en la mochila.

–De acuerdo. Tú ganas. ¿Y mañana?

–Tengo que ir a trabajar.

–No, nada de eso.

–Sí. No voy a abandonar a mi jefa embarazada cuando más me necesita. Al menos, tengo que quedarme en la tienda el tiempo suficiente para que ella se tome unas vacaciones también.

–¿Y si vamos temprano, antes de que abra la boutique?

–Está bien –aceptó ella, cediendo a sus deseos–. Pero asegúrate de no...

–¡Spiderman!

Cuando Sabine y Gavin se volvieron, vieron a Jared de pie ante su nuevo dormitorio. Sin hacerse esperar, entró dentro emocionado. Todo estaba decorado al detalle para un niño que soñaba con ser superhéroe.

–¡Cama grande! –exclamó el niño, saltando en el colchón vestido con edredón de Spiderman.

–Sí, es una cama para un chico grande.

–¿Mía?

–Sí. ¿Te gusta? –preguntó Gavin.

–¡Me encanta!

Sabine observó emocionada cómo el rostro de Jared se iluminaba.

–Y a mí me encantas tú –le dijo ella a su hijo.

# *Epílogo*

Sabine estaba exhausta. Acababa de dar a luz. Los médicos se habían ido y al fin se había quedado sola con Gavin y su bebé, la señorita Elizabeth Anne Brooks.

Beth había nacido a las 4:53 de la tarde, pesaba tres kilos y medio y gritaba con los mejores pulmones que habían escuchado en el hospital. La llamaron igual que el avión privado de su padre, *Beth*, y como la madre de Sabine, con quien se había reconciliado hacía poco.

Los padres y hermanos de Gavin habían ido a visitarlos con Jared y también acababan de irse. El pequeño se había mostrado emocionado por conocer a su hermana, aunque se había aburrido enseguida y les había pedido a sus abuelos que le llevaran a tomar un helado.

Había sido un largo día lleno de nervios, alegría y dolor.

Gavin estaba a su lado. Beth estaba acurrucada en su regazo, dormida.

Los últimos nueve meses habían sido una aventura para Gavin. No había querido perderse ni un detalle del embarazo, desde las ecografías a las clases de preparación al parto.

Su expresión fue de asombro cuando vio a su hija por primera vez. En ese momento, seguía mirándola encandilado, incapaz de apartar la vista de ella. Era como si aquel bebé guardara la respuesta a todas las preguntas del universo. Era la cosa más preciosa que Sabine había visto jamás.

–Eres mi heroína.

–¿Qué?

–Has estado increíble hoy –señaló él, y se acercó para entregarle al bebé–. En serio, no sé cómo lo has podido hacer antes, con Jared. Pasar por todo esto sola debió de ser...

Sin duda, en esa ocasión, había sido diferente. Tenía a su lado al hombre que amaba.

–Fue por decisión propia. Y me equivoqué. Estoy mucho mejor contigo.

–Estoy de acuerdo –afirmó él, besándole en la frente y en la de la niña–. Se parece a ti.

–Es lo justo, ya que Jared es clavado a ti.

–Si es la mitad de guapa y lista que su madre, me va a traer muchos problemas. Los chicos harán cola para salir con ella.

–Solo tiene cuatro horas. No creo que tengas que afilar tus armas aún. Tenemos años de actuaciones de ballet y fiestas de princesas por delante antes de eso.

–Y yo no pienso perderme ni una de ellas.

# Deseo

## ENTRE EL RECELO Y EL DESEO

### ANN MAJOR

Michael North sabía que Bree Oliver era una cazafortunas en busca del dinero de su hermano, así que decidió seducirla, diciéndose que después la dejaría marchar. Sin embargo, tras un trágico accidente, tuvo que protegerla para cumplir la promesa que le había hecho a su hermano en el lecho de muerte.

Cuidando de Bree, Michael se vio obligado a poner a prueba su autocontrol. ¿Era ella tan inocente como proclamaba? ¿O él era tan ingenuo como para creerla? Dividido entre el deseo y la desconfianza, Michael no era consciente del asombroso secreto que ella ocultaba.

*Casi consiguió que él creyera que era inocente*

# Acepte 2 de nuestras mejores novelas de amor GRATIS

## ¡Y reciba un regalo sorpresa!

## Oferta especial de tiempo limitado

**Rellene el cupón y envíelo a**
**Harlequin Reader Service®**
3010 Walden Ave.
P.O. Box 1867
Buffalo, N.Y. 14240-1867

**¡Si!** Por favor, envíenme 2 novelas de amor de Harlequin (1 Bianca® y 1 Deseo®) gratis, más el regalo sorpresa. Luego remítanme 4 novelas nuevas todos los meses, las cuales recibiré mucho antes de que aparezcan en librerías, y factúrenme al bajo precio de $3,24 cada una, más $0,25 por envío e impuesto de ventas, si corresponde*. Este es el precio total, y es un ahorro de casi el 20% sobre el precio de portada. !Una oferta excelente! Entiendo que el hecho de aceptar estos libros y el regalo no me obliga en forma alguna a la compra de libros adicionales. Y también que puedo devolver cualquier envío y cancelar en cualquier momento. Aún si decido no comprar ningún otro libro de Harlequin, los 2 libros gratis y el regalo sorpresa son míos para siempre.

416 LBN DU7N

| | |
|---|---|
| Nombre y apellido | (Por favor, letra de molde) |

| | |
|---|---|
| Dirección | Apartamento No. |

| | | |
|---|---|---|
| Ciudad | Estado | Zona postal |

Esta oferta se limita a un pedido por hogar y no está disponible para los subscriptores actuales de Deseo® y Bianca®.
*Los términos y precios quedan sujetos a cambios sin aviso previo.
Impuestos de ventas aplican en N.Y.

SPN-03                    ©2003 Harlequin Enterprises Limited

# Bianca.

**Lo prohibido tiene un sabor más dulce...**

Sakis Pantelides, magnate del petróleo, siempre conseguía lo que quería. Al fin y al cabo, era atractivo, poderoso y muy rico. Sin embargo, no podía tener a Brianna Moneypenny, su secretaria, porque era la única mujer en la que podía confiar.

Cuando una crisis internacional hizo que trabajaran juntos las veinticuatro horas, la intrigante y recatada Brianna resultó tener una voracidad sensual que solo podía compararse con la de él mismo y se dio cuenta de lo que había estado negándose demasiado tiempo. Sin embargo, ¿pagaría el precio por tomar lo que quería cuando se desvelara el secreto de su secretaria perfecta?

El dulce sabor
de lo prohibido

Maya Blake

# ENTRE RUMORES

## MAUREEN CHILD

Siete años atrás, el sheriff Nathan Battle le había pedido a su
novia, que se había quedado
embarazada, que se casase con
él, pero Amanda Altman le había
destrozado el corazón, se había
marchado de su pueblo natal y
había sufrido un aborto. Amanda
había vuelto y Nathan necesitaba olvidarse de ella de una vez
por todas, pero su plan de seducirla y borrarla de su mente no
estaba funcionando.

Al volver a Royal, Texas, Aman-
da no quería que Nathan se diese cuenta de que seguía
queriéndolo. No obstante, resistirse a él era imposible.
En especial, tras descubrir que estaba embarazada…
otra vez.

*¿Algo que ocultar?*

# ¡YA EN TU PUNTO DE VENTA!